Chère lectrice,

Une déclaration d'amour, ça se prépare : on ne peut tout de même pas déclarer sa flamme à l'élu de son cœur n'importe comment ! Qu'elle soit douce, tendre, drôle ou encore originale, une déclaration d'amour doit être pensée et réfléchie pour être réussie. Du simple « je t'aime » lancé yeux dans les yeux, à un dîner romantique aux chandelles, en passant par un poème ou un voyage en amoureux, la passion peut se décliner sur tous les tons. C'est justement à la délicate tâche de la déclaration d'amour que vont s'atteler nos héros de ce mois-ci. A vous de voir quelle est votre préférée.

Je vous donne rendez-vous le 15 avril pour de nouvelles histoires tendres et romantiques, et, en attendant, je vous souhaite une bonne lecture.

La responsable de collection

Une irrésistible attirance

CHERYL KUSHNER

Une irrésistible attirance

COLLECTION HORIZON

éditions **Harlequin**

*Cet ouvrage a été publié en langue anglaise
sous le titre :*
HE'S STILL THE ONE

Traduction française de
FRANÇOISE HENRY

HARLEQUIN®

est une marque déposée du Groupe Harlequin
et Horizon® est une marque déposée d'Harlequin S.A.

Originally published by SILHOUETTE BOOKS,
division of Harlequin Enterprises Ltd.
Toronto, Canada

*Toute représentation ou reproduction, par quelque procédé que ce soit, constituerait
une contrefaçon sanctionnée par les articles 425 et suivants du Code pénal.*
© 2003, Cheryl Kushner. © 2005, Traduction française : Harlequin S.A.
83-85, boulevard Vincent-Auriol, 75013 PARIS — Tél. : 01 42 16 63 63
Service Lectrices — Tél. : 01 45 82 47 47
ISBN 2-280-14416-6 — ISSN 0993-4456

1.

Zoe avait échafaudé un bon millier de scénarios mettant en scène ses retrouvailles avec Ryan O'Connor. Dans aucun pourtant, elle ne se présentait à lui le visage maculé de boue et des menottes aux poignets.

Elle ignorait les raisons de la présence de Ryan à Riverbend ; tout ce qu'elle savait, c'était qu'il représentait momentanément un obstacle à sa liberté. Et pas question de manifester devant lui le moindre signe de faiblesse. Il apprendrait que Zoe Russell n'était pas une femme qu'on malmenait ou traitait avec légèreté !

Elle redressa les épaules, prit une profonde inspiration et, expulsant lentement l'air de ses poumons, sans le quitter du regard, avança vers les barreaux de la cellule.

— C'est un terrible malentendu.

Ryan leva un sourcil et se frotta le menton de l'index. Sa charmante fossette était toujours là, constata-t-elle, ainsi que la cicatrice due à un mauvais coup reçu au base-ball.

Il se balança sur ses talons et sourit.

— C'est ce que disent tous les malfaiteurs.

Oh ! ce sourire… Il lui faisait toujours courir des frissons dans le dos. Et son menton bleu de barbe ne faisait qu'ajouter à son charme. Ce type était la séduction incarnée. Zoe se raidit. Elle devait se montrer forte face à celui qu'elle avait autrefois considéré comme son meilleur ami et qui l'avait trahie. Ne s'était-elle pas promis de ne plus jamais se laisser prendre au charme de son sourire ?

Elle ne voulait pas penser à la triste image qu'elle offrait avec ses cheveux tombant en mèches raides autour de son visage et sa salopette en daim bonne à jeter à la poubelle. Mais après tout, elle n'était pas là pour faire bonne impression. Elle était trempée, épuisée, affamée. Et elle avait raté la séance d'essayage de la robe qu'elle devait porter pour le mariage de sa sœur Kate.

Mais à en juger par l'expression du visage de Ryan, elle n'était pas tirée d'affaire. Elle ne comprenait toujours pas pourquoi elle avait été la seule personne interpellée dans cette manifestation pacifique de personnes du troisième âge. Elle n'avait pourtant fait que son travail. En interviewant les participants pour relater l'événement, elle pensait tenir un bon sujet pour *Wake Up, America*, l'émission pour laquelle elle travaillait.

— N'es-tu pas censé combattre la criminalité à Philadelphie ?

La véhémence de son ton arracha une grimace à Ryan.

— Je me suis aperçu que les criminels les plus endurcis...

Il marqua une pause et reprit avec un regard insistant.

— ... se trouvent en Ohio.

— Je ne suis pas...

— Ce sera au juge d'en décider. J'ai lu le rapport de police. Entrave à la loi, coups et blessures sur un policier...

— Ce n'est pas ma faute s'il a trébuché et est tombé !

— Ni si tu t'es jetée sur lui et t'es battue avec lui dans la boue ?

— Il m'a passé les menottes !

— Avant que vous disparaissiez, la tête la première, dans l'étang. L'anecdote fera la une du journal de demain.

Mieux valait ne pas penser aux dégâts qu'une pareille révélation pourrait causer à sa carrière télévisée.

— Comme d'habitude, tu interprètes tout de travers !

— Eclairez-moi donc de vos lumières, mademoiselle la star de la télé new-yorkaise.

— Je préférerais avaler des escargots !

— Il y a justement un restaurant français en ville. Veux-tu que j'aille t'en chercher ?

L'estomac de Zoe se souleva. Elle ne pouvait supporter l'idée de manger ces choses visqueuses, et il le savait.

— Non, répondit-elle d'une voix éteinte.

Puis elle se reprit.

— Je te remercie, ajouta-t-elle dignement.

— J'imagine que ce n'est pas facile de prendre l'air hautain quand on est couverte de boue, fit remarquer Ryan avec un sourire à peine contenu.

Qu'on lui ôte ses menottes et elle se chargeait de faire disparaître ce stupide — mais néanmoins adorable — sourire de son visage ! La patience n'était pas son fort. Elle ferma les yeux en comptant jusqu'à dix.

— Si tu n'as pas l'intention de m'aider, fiche le camp !

Elle les rouvrit en l'entendant rire.

— Je n'en ai pas l'intention.

Sur ces mots, il fit demi-tour et s'éloigna.

— Je connais mes droits ! cria Zoe. Je peux passer un coup de téléphone, et faire prévenir mon avocat. Je veux parler au responsable de ce commissariat !

Ryan se retourna.

— Le responsable ici, c'est moi.

Elle le dévisagea tout en essayant de dissimuler sa stupéfaction. Ryan O'Connor, à la tête du poste de police de Riverbend ? Aux dernières nouvelles — non qu'elle prêtât attention aux bavardages le concernant — il avait reçu une décoration pour acte d'héroïsme et devait grimper les échelons de l'institution policière de Philadelphie. Que fabriquait-il donc à Riverbend ?

Il devenait urgent de lui montrer qu'elle ne plaisantait pas. Elle agita ses mains entravées.

— Tu n'as pas le droit de m'arrêter ! Je n'ai commis aucune infraction et j'exige que tu me retires immédiatement ces menottes !

— En fait, j'en ai tous les droits. Tu as troublé l'ordre public, une prouesse, si je me souviens bien, où tu excelles. D'autre part, la clé des menottes est tombée au fond de la mare, expliqua-t-il avec une douceur qui ne la trompa pas.

Il était ravi de lui infliger cette épreuve, elle le savait fort bien.

— Mon adjoint la cherche, ajouta-t-il.

— Tu n'as pas de passe-partout ?

— Il semble qu'il ait disparu le jour de l'inauguration de la prison. Ça doit faire… voyons, laisse-moi réfléchir… environ vingt-cinq ans.

— Les serruriers existent !

Ryan haussa les épaules.

— Il est cinq heures passées, et nous sommes vendredi. Tous les magasins sont fermés. On n'est pas à New York, ici ! On ne travaille pas vingt-quatre heures sur vingt-quatre, sept jours sur sept !

Avec un sourire satisfait, il disparut au coin du couloir.

— Attends ! Où crois-tu aller ?

Zoe frappa tant bien que mal les barreaux de sa cellule avec ses menottes.

— Nous n'avons pas terminé ! Tu ne peux pas partir comme ça ! Ryan, reviens !

Pour toute réponse, elle l'entendit rire.

C'était incroyable ! Elle était retenue en otage dans la prison de sa ville natale, et son geôlier n'était autre que la dernière personne vers qui elle se serait tournée pour demander de l'aide ! Bien que dix ans se soient écoulés depuis leur dernière rencontre, elle n'avait jamais pu effacer son souvenir. Et voilà qu'il resurgissait brutalement dans sa vie par ailleurs bien remplie. Heureusement qu'il n'avait pas fait demi-tour comme elle le lui avait ordonné car, pendant un court instant, elle avait eu la tentation de lui poser la question qui lui brûlait les lèvres depuis dix ans. Et Dieu seul savait ce qu'il aurait pu dire et qu'elle aurait été sa réaction.

Zoe examina sa cellule, de dimensions comparables à celle de son studio new-yorkais et à peu près aussi chaleureuse. La couchette, avec son oreiller déplumé et sa couverture rêche, devait être des plus inconfortables. La minuscule fenêtre ne laissait, quant à elle, passer qu'un vague rayon de soleil et un filet d'air frais.

— Sans oublier les jolis barreaux, marmonna Zoe.

Elle arpenta la cellule une fois, deux fois, puis se laissa tomber sur la couchette.

La vérité était qu'elle se sentait aussi prisonnière dans son luxueux appartement de l'Upper West Side qu'ici. Ce n'était toutefois pas le moment de penser à sa vie new-yorkaise, pas plus qu'à son travail de chroniqueuse dans l'émission *Wake Up, America*, travail qu'elle aimait mais qui lui dévorait lentement le cœur et l'âme. Bien sûr, elle ne l'aurait jamais admis devant ses collègues et amis ; c'était déjà assez dur de se l'avouer à elle-même.

Tous pensaient qu'elle menait une vie de rêve. Lorsqu'elle avait obtenu cette place à *Wake Up, America*, une émission hebdomadaire très convoitée, une grande fête avait été organisée dans le club le plus branché de New York. Des gens, dont elle n'avait pas entendu parler depuis des siècles, lui avaient téléphoné ou lui avaient envoyé des e-mails après avoir lu le compte rendu de cette fête dans la rubrique people du *New York Times*. Et elle avait été ravie que sa mère lui envoie l'article paru à la une de la *Riverbend Tribune*, qui relatait sa promotion en glosant de manière particulièrement originale sur la réussite de « l'enfant du pays » à New York.

Elle avait atteint le but qu'elle s'était fixé à la fin de ses études secondaires, six ans plus tôt : travailler et vivre à Manhattan. Elle avait des tas d'amis et de connaissances et, grâce à son travail, elle connaissait la célébrité.

Cependant, elle n'arrivait pas à s'ôter de l'esprit les commentaires des tabloïds new-yorkais de la semaine précédente, quand la chaîne avait annoncé qu'elle animerait une émission de divertissement de deux heures en addition à ses apparitions sur *Wake Up*. « La primesautière Mlle Russell passe en prime time. » La phrase la hantait. Pour la qualifier ainsi, l'auteur de l'article n'avait sûrement pas prêté grande attention à ses récents reportages.

Loin de s'attacher uniquement aux personnalités en vue, elle écrivait des articles sérieux sur les « petites gens » et leurs vies parfois si compliquées. A son grand dam, elle en connaissait plus long qu'elle ne l'aurait voulu sur le sujet.

Zoe s'assit et inspira une longue bouffée d'air. Si ses collègues de *Wake Up, America*, la voyaient, ils ne reconnaîtraient pas la femme élégante et raffinée qu'ils côtoyaient dans la pauvre créature qu'on avait jetée, menottes aux mains, dégoulinante d'eau boueuse, derrière les barreaux d'une prison. Si elle avait eu vent d'une femme dans une situation similaire, Zoe était certaine qu'elle en aurait tiré un reportage à succès pour *Wake Up, America*.

Elle jeta un coup d'œil attristé à ses tennis. Pourquoi les avait-elle achetées ? Elles étaient hors de prix, chic et inconfortables. Parfaites pour New York mais totalement déplacées à Riverbend.

Mais sa présence aussi était déplacée à Riverbend.

Zoe secoua la tête pour s'éclaircir les idées. Elle aurait donné cher pour une tasse de lait et une bonne séance de massage.

Que faire maintenant ? Elle ne pouvait nier avoir participé à cette manifestation, eu maille à partir avec la police, atterri dans l'étang, et été arrêtée. Le regard trop perspicace de Ryan O'Connor la mettait mal à l'aise. Faire étalage de sa réussite devant lui aurait pu s'avérer drôle, mais elle ne supportait pas de s'exhiber devant lui dans cette posture grotesque.

Elle enfouit son visage dans ses mains. Ces quinze jours à Riverbend en l'honneur du mariage de sa sœur Kate seraient, Zoe le pressentait, les plus longs de ses vingt-huit ans d'existence.

Ryan O'Connor était intelligent. Cette qualité l'avait plus d'une fois tiré d'affaire au cours de sa carrière à la brigade criminelle de Philadelphie. Et pourtant, le fait que Zoe croupisse toujours derrière les barreaux laissait planer un sérieux doute sur ses facultés intellectuelles.

S'il avait été *vraiment* intelligent, il aurait plongé dans l'étang pour chercher lui-même la clé. Ou il aurait persuadé le serrurier d'en refaire une. Et il aurait payé sa caution. Alors, il aurait ouvert la porte de sa cellule et poussé la ravissante Zoe hors de la prison de Riverbend, et hors de sa vie.

Physiquement, elle était restée telle qu'elle était dans son souvenir : grande, mince, des yeux verts rivalisant d'éclat avec les émeraudes qu'elle portait aux doigts et aux oreilles. Et puis, une inoubliable crinière rousse et bouclée. A une époque, il la considérait comme sa meilleure amie ainsi que le fléau de son adolescence. Mais de ce qu'elle était devenue aujourd'hui, il n'en avait pas la moindre idée.

Autrefois, elle méprisait les bijoux et la seule idée de se faire percer les oreilles la révulsait. La jeune femme qu'il avait devant lui était trop élégante, trop sophistiquée à son goût. C'était ainsi qu'elle apparaissait sur l'écran de télé pour son émission matinale. Sauf qu'il n'aurait pour rien au monde avoué qu'il la regardait tous les matins.

Prétendre que c'était la dernière personne qu'il s'attendait à voir à Riverbend aurait été un mensonge. Kate l'avait prévenu que Zoe assisterait à son mariage. Simplement, il ne pensait pas la revoir si vite. Et dans *sa* prison. La petite Zoe Russell — et, apparemment, l'adulte aussi — s'attirait les ennuis à plaisir. C'était un de ses traits de caractère le plus charmant, et le plus exaspérant.

« Tu ne peux pas partir comme ça ! »

Ces mots résonnaient comme un glas dans sa tête. Il avait déjà entendu Zoe les prononcer. Et la première fois aussi il était parti. Il avait rompu avec Zoe, Riverbend et, très vite, avec Kate qu'il avait épousée à un âge trop tendre et pour de mauvaises raisons. Tous deux en avaient volontiers convenu.

Six mois plus tôt, il avait dû décider de rompre également avec Philadelphie et dix ans de lutte contre le crime organisé. Il n'en pouvait plus d'avoir l'impression de perdre plus de terrain qu'il n'en gagnait. Car Ryan détestait perdre par-dessus tout.

Il se laissa tomber dans son immense fauteuil de chêne, posa un pied sur le bureau tailladé et laissa son regard errer. Quel calme à Riverbend ! Les téléphones se taisaient ; la réceptionniste, assise derrière son bureau, lisait tranquillement un journal à scandale.

— Ah ! Les petites villes, soupira-t-il.

Loin du tumulte des métropoles, c'était le bonheur.

Il se renversa contre le dossier de son siège et ferma les yeux. Rien n'y faisait. Les images de l'épouvantable nuit qu'il avait vécue revenaient régulièrement le hanter. Une interpellation de trafiquants de drogue qui avait mal tourné. Il avait reçu une balle dans le flanc et, à travers le brouillard de la souffrance, avait vu Sean, son équipier depuis des années, celui qu'il considérait comme son frère, s'effondrer avec une balle dans le dos. Sa vision de l'univers s'était également effondrée cette nuit-là. Il ne s'était pas montré aussi fort, aussi héroïque, qu'il l'aurait dû. Et que tout le monde lui affirme le contraire n'empêchait pas la culpabilité de le ronger. Les psychologues prétendaient qu'avec le temps ses cauchemars s'estomperaient. Mais ils se trompaient, comme d'habitude.

— Euh… chef ?

Il ouvrit lentement les yeux. Jake, son ami d'enfance et premier adjoint, l'homme qui avait bravement maîtrisé Zoe Russell, se tenait devant lui, ruisselant d'eau et de vase, une clé à la main.

Ryan frotta ses yeux las.

— Peux-tu m'expliquer comment une marche pacifique de personnes du troisième âge a pu dégénérer ainsi ?

Jake installa son corps dégingandé sur une chaise et grimaça en voyant s'écouler à ses pieds un flot d'eau boueuse.

— Quand Zoe s'est mise à interviewer les gens, certains l'ont reconnue. Alors, ça a été la bousculade pour attirer son attention. J'essayais de l'intercepter quand nous avons glissé et atterri dans l'étang.

— Les menottes étaient-elles bien nécessaires ?

— Ecoute, Ryan, elle me bourrait de coups de poing ! Je n'avais d'autre choix, pour notre sécurité à tous deux, que de la mettre en état d'arrestation.

Jake essuya la clé avant de la poser sur le bureau de Ryan.

— J'ai de très mauvais souvenirs de mes bagarres avec Zoe Russell !

— Tu avais huit ans et elle six ! lui rappela sèchement Ryan. Et tu avais fourré un têtard dans son maillot de bain. Ça se passait près de ce même étang, d'ailleurs.

— Hé ! Le têtard, c'était ton idée.

La moue de Jake s'était muée en large sourire.

— Est-ce que je la libère maintenant ou préfères-tu attendre encore un peu ?

— Je m'en occupe.

Ryan lança la clé en l'air et la rattrapa.

— Tout est calme au parc ?

— La manifestation s'est dissoute d'elle-même dès que nous avons mis Zoe sous clé, répondit Jake en riant. Tu aurais dû voir ça ! Flora Tyler a insisté pour que Zoe pose pour une photo avec le groupe. Je parie qu'elle fera la une de la *Tribune* de demain.

Ryan éclata de rire.

— Voilà ce qui arrive quand une célébrité nous rend visite ! As-tu appelé Kate pour la caution ?

Jake hocha la tête.

— Qu'est-ce que j'ai pris ! Elle n'arrêtait pas de marmonner que c'était terrible, qu'elle n'avait pas eu le temps de parler à Zoe. Et puis elle a demandé si tu pourrais lui rendre un service…

— Je parie qu'elle voudrait que je m'occupe de la caution.

Jake hocha la tête puis sortit du bureau en riant et referma la porte derrière lui. Ryan palpa la clé dans sa poche. Dommage que ce ne soit pas une pièce, il aurait joué à pile ou face pour savoir s'il accédait ou non à la demande de Kate.

Parce qu'il savait exactement ce qu'elle mijotait. Au cours du mois, au milieu des préparatifs de son mariage, Kate avait laissé échapper quelques allusions peu subtiles. Il s'agissait évidemment de faire la paix avec Zoe, du moins pour les quinze jours qu'elle passerait à Riverbend avant la cérémonie. Sauf que Ryan se voyait mal revenir sur les dix dernières années. Elles appartenaient au passé. Et depuis les événements de Philadelphie, il était passé maître dans l'art d'oblitérer le passé.

Avec un soupir, il prit son chéquier et se dirigea vers le bureau voisin. Etait-il assez fort pour demeurer insensible à la femme que Zoe Russell était devenue ? Il n'en avait aucune idée.

La patience de Zoe était à bout.

Elle n'appréciait pas du tout de moisir au fond d'une minuscule cellule, menottes aux mains, depuis plus d'une heure !

17

Elle agita ses mains pour les dégourdir et grimaça à cause du poids du métal qui entravait ses poignets. Ce n'était pas vraiment son goût en matière de bijoux... D'une manière ou d'une autre, Ryan lui paierait ça ! Comme s'il n'avait pas pu appeler le serrurier, même si sa journée de travail était officiellement achevée !

Elle essaya de se blottir sur la couchette, pleine de bosses. Ah ! vraiment, on pouvait vanter les mérites de l'hospitalité de Riverbend !

Elle ferma les yeux mais les rouvrit pour chasser l'image de Ryan qui s'était instantanément incrustée sous ses paupières, avec ses traits parfaits, son menton ciselé, ses yeux bleus et ses cheveux si blonds qu'on les aurait dits illuminés par le soleil. Dix ans s'étaient écoulés depuis la dernière fois qu'elle l'avait vu en chair et en os. Les photos et vidéo familiales ne comptaient pas.

Il était encore plus beau que dans son souvenir. Agacée, elle essaya de se le représenter à soixante-cinq ans, bedonnant, les cheveux gris — non, plutôt chauve —, incapable de conduire à cause de sa mauvaise vue et boitillant le long de Main Street à la poursuite d'un criminel. L'image la fit sourire. Malheureusement, les hommes comme Ryan vieillissaient généralement comme le bon vin...

Elle se leva et arpenta sa petite cellule. Pourquoi lui fallait-il tant de temps pour trouver la clé ? Et à qui Ryan croyait-il s'adresser en déclarant que, à Riverbend, on ne travaillait pas vingt-quatre heures sur vingt-quatre, sept jours sur sept ? Comme si elle ignorait que les serruriers gagnaient leur vie grâce à des dépannages en dehors des heures ouvrables !

— Il me doit mon coup de fil, maugréa Zoe. Je pourrais appeler le serrurier, juste pour lui prouver qu'il a tort. Elle se mit à hurler. Ryan ! Je veux téléphoner !

18

Ryan demeurant invisible, Zoe cria avec un regain d'énergie. Un bruit de pas se fit entendre. Zoe se raidit en prévision de l'affrontement, mais ce ne fut pas Ryan qui parut mais Jake. Il approcha avec une méfiance que Zoe comprenait aisément. Après tout, ne l'avait-elle pas assailli de coups de poing, ce qu'elle regrettait amèrement.

— Ryan ne t'a pas encore libérée ? demanda-t-il en évitant son regard.

Zoe vint se placer devant lui.

— Tu veux dire qu'il a trouvé la clé mais qu'il prolonge son petit jeu ?

— Est-ce que… je veux dire… est-ce que je peux faire quelque chose pour toi ?

— Tu peux accepter mes excuses pour t'avoir frappé et me permettre de téléphoner.

— Excuses acceptées. Pour ce qui est de téléphoner…

Avec une légère hésitation, Jake lui tendit un portable à travers les barreaux. Cependant, en la voyant agiter ses poignets sous son nez, il se rembrunit.

— Ça m'étonnerait que je puisse composer le numéro avec ça ! Il faut me libérer, Jake, ajouta-t-elle doucement.

Jake recula lentement.

— Je vais chercher Ryan.

Elle regarda Jake disparaître. Il était grand, comme Ryan, possédait de beaux traits et d'expressifs yeux bleus, comme Ryan. Pourtant, quand elle se trouvait devant lui, elle ne ressentait rien, pas la plus petite étincelle. Alors que quand Ryan s'était tenu de l'autre côté des barreaux de sa cellule, ç'avait été un véritable feu d'artifice de sensations.

Ce qu'elle craignait le plus, c'était d'éprouver de nouveau des sentiments pour Ryan, car il finirait de toute façon par la quitter ; c'était dans l'ordre des choses.

Tout en attendant avec impatience son apparition, elle se demandait pourquoi il éveillait en elle ce malstrom d'émotions alors qu'avec ses petits amis de New York c'était le calme plat. Bien entendu, elle devait reconnaître qu'elle les choisissait un peu pour ça. Ainsi, quand inévitablement ils la quittaient, elle demeurait émotionnellement intacte. Et seule. Très, très seule.

Mais cela valait mieux que de retrouver seule *et* le cœur en charpie. Ce qui s'était produit quand son père, Kate et Ryan étaient partis… Bon, d'accord, le beau Ryan O'Connor pouvait encore la faire vibrer, mais quelle importance tant qu'elle restait sur ses gardes ?

Zoe se rallongea sur sa couchette et ferma les yeux. Cette fois, elle revit la soirée de remise de diplôme de fin d'études secondaires et les deux sièges vides de ses parents dans l'auditorium bondé du lycée de Riverbend. Jamais elle n'oublierait ce soir de juin : son monde s'était écroulé quand ses parents lui avaient annoncé leur intention de se séparer et quand Kate et Ryan s'étaient enfuis. Elle avait dix-huit ans et son chagrin avait été tel qu'elle s'était jurée de ne jamais leur pardonner ; surtout pas à Ryan.

Elle en avait maintenant vingt-huit. Elle avait fait la paix avec Kate depuis longtemps et avait accepté, sans les comprendre, les raisons du divorce de ses parents. Mais elle ressentait toujours aussi vivement la trahison de Ryan. Peut-être parce qu'elle ne voulait pas admettre que leur amitié, qui avait tant compté pour elle, ait si peu pesé à ses yeux à lui.

Un bruit de pas la tira de ses pensées. Elle attendit d'entendre s'ouvrir la porte de sa cellule pour lever la tête. Surtout, rester détendue, pensa-t-elle. Et si des étincelles se produisent, les ignorer.

— Comme c'est gentil de me rendre visite, dit-elle d'un ton badin. Je vais demander qu'on nous apporte du café ou du thé pendant que tu me raconteras tes exploits de ces dernières années.

— Je vois que Mlle Russell a toujours le mot pour rire, répondit Ryan.

Elle lui tendit ses mains entravées par les menottes.

— Je ne trouve pas ça drôle ! Ne crois-tu pas qu'il serait temps de me libérer ?

Ryan entra dans la cellule, tira la clé de sa poche et ouvrit les menottes. Puis il toussota.

— Tu sais, je te vois tous les matins à la télé.

— Oh ?

Zoe étira ses bras douloureux au-dessus de sa tête. Du coin de l'œil, elle regarda Ryan replier la couverture, et donner des tapes à l'oreiller.

— Tu regardes *Wake Up, America* ?

— Pas exactement. Pour obtenir que notre responsable du lien social soit ici à 7 heures, il a fallu que j'installe une télévision afin qu'elle regarde son émission favorite. Même sans télé d'ailleurs, c'est dur de te rater.

— Je ne comprends pas ce que tu veux dire, répliqua-t-elle d'une voix glacée.

— Tu es sur les pubs dans les magazines. On te voit dans des spots aux heures de prime time. Je ne critique pas, je remarque juste que tu as obtenu la célébrité qui te faisait rêver...

Il posa une main sur son épaule et la fit pivoter pour qu'elle se retrouve face à lui.

— ... et le moyen de t'exhiber devant des millions de gens.

— Voilà ce que tu penses de moi ? Que tout ce qui m'intéresse, c'est la célébrité ? Je suis une journaliste respectable, figure-toi ! J'ai travaillé dur pour obtenir cette place à *Wake Up, America* !

Elle marqua une pause et se redressa de toute la hauteur de son mètre soixante-dix. Il lui manquait toutefois quinze bons centimètres pour rivaliser avec Ryan et elle dut lever la tête pour croiser son regard.

Elle le dévisageait, fascinée par les paillettes d'or qui scintillaient dans ses yeux bleus, la façon dont ses fossettes se creusaient quand il souriait. Durant un inexplicable moment, elle fut partagée entre l'envie de le gifler et celle de l'embrasser à en perdre haleine. Heureusement, Ryan s'éclaircit la gorge.

— Tu me marches sur le pied.

Zoe baissa les yeux et, découvrant sa tennis boueuse sur la botte rutilante de Ryan, recula d'un pas, horrifiée.

Ryan sortit son mouchoir de sa poche et avança la main vers son visage. Au terme d'une courte lutte, Zoe se résigna à lui laisser essuyer ses joues et le bout de son nez. Ce bref contact la troubla et, devant le sourire de Ryan, elle crut que ses genoux allaient la trahir. A cet instant, c'était l'envie de l'embrasser qui prédominait.

Voilà pourquoi elle devait s'éloigner de Ryan avant d'agir stupidement. Il lui devenait de plus en plus difficile d'ignorer les émotions qu'il éveillait chez elle.

— Je pense avoir nettoyé le plus gros, dit-il enfin. Ta caution est payée. Tu es libre.

Zoe sortit de la cellule et emprunta le couloir qui menait au hall d'accueil, consciente de la présence de Ryan dans son sillage. Il était toujours derrière elle quand elle signa la décharge lui permettant de récupérer ses affaires personnelles. Tout en glissant la bandoulière de son sac sur son épaule, elle se retourna.

— Autre chose ?

— Je te raccompagne, déclara Ryan.

— Inutile !

— Disons que ça fait partie de mes attributions.

Il passa un bras autour de ses épaules. Ne sentait-il donc pas ce courant passer entre eux ?

— Je dois m'assurer que tu es arrivée saine et sauve chez ta sœur.

Ils parcoururent en silence les quelques centaines de mètres qui séparaient le poste de police de la maison de Kate. Quand ils s'arrêtèrent devant sa porte, elle se demanda fugitivement quelles auraient été leurs vies à Ryan, Kate et elle si… s'ils n'avaient pas quitté Riverbend.

Elle jeta un coup d'œil en direction de Ryan et se rendit compte qu'il la couvait du regard.

— Est-ce que je dérange ? fit une voix féminine provenant de l'autre côté de la porte à moustiquaire.

— Non ! s'écrièrent en chœur Ryan et Zoe, se détournant l'un de l'autre.

— On l'aurait pourtant bien dit !

Kate Russell ouvrit la porte et fit entrer Zoe.

— Je suis si heureuse de voir ma demoiselle et mon garçon d'honneur enfin réconciliés !

2.

— Ryan O'Connor est ton garçon d'honneur ? demanda Zoe, en se laissant choir sur le grand lit de la chambre d'amis.

Elle entassa une pile d'oreillers derrière son dos et s'adossa à la tête de lit de fer forgé.

— D'abord, tu oublies, comme par hasard, de m'informer de son retour. Et ensuite tu me lâches cette petite bombe. De quel autre détail intéressant as-tu omis de me faire part ?

— Pourquoi, à ton avis, suis-je obligée de te cacher des choses ?

Kate posa deux verres de thé glacé sur la table de nuit et s'enveloppa dans une couverture avant de venir s'installer près de Zoe.

— Parce que tu sais que je déteste les surprises.

Zoe se frottait vigoureusement les cheveux avec une serviette. Une longue douche chaude avait réparé les dégâts corporels sans pour autant restaurer sa bonne humeur. Seul l'anéantissement de Ryan O'Connor aurait pu accomplir ce miracle.

— Tu aurais dû me téléphoner à l'instant où il a mis le pied en ville !

24

— Tu ne m'aurais pas écoutée, riposta Kate. Je me rappelle tes mots exacts : « Ne t'avise pas de mentionner devant moi le nom de cet individu ! »

— Enfin, Kate, j'avais dix-huit ans ! Qui aurait l'idée d'attacher une telle importance aux déclarations d'une gamine ?

— Ryan, répondit doucement Kate. Et moi.

Zoe chercha en vain une réplique. Quand elle croisa le regard de sa sœur, elle eut la sensation de voir son âme se refléter dans un miroir. Pourtant, elles étaient aussi différentes que le jour et la nuit.

Zoe s'était toujours plainte de rôtir au soleil avec sa carnation de rousse tandis que Kate, qui tenait de leur grand-mère paternelle ses allures exotiques, arborait une peau dorée, même au cœur de l'hiver. Alors que Zoe était grande et mince, et pouvait dévorer ce qu'elle voulait sans prendre un gramme, Kate, plutôt petite et ronde, devait constamment surveiller son alimentation. Enfant, Zoe s'était révélée impulsive, Kate circonspecte.

Arrivées à l'âge adulte, pourtant, Zoe s'était montrée plus conservatrice que Kate qui avait jeté toute prudence aux oubliettes. Ce qui pouvait expliquer, se disait Zoe, tandis que son regard errait sur la chambre qui avait autrefois été la sienne, pourquoi Kate épousait un homme qu'elle connaissait à peine.

Elle se leva et se dirigea vers la fenêtre, aujourd'hui ornée de rideaux de coton blanc. Zoé se rappelait avec une particulière netteté le jour où elle avait perdu l'équilibre en passant de sa fenêtre aux branches de l'arbre tout proche. Un Ryan de douze ans, grand garçon dégingandé qui venait d'emménager dans la maison voisine, l'avait transportée à l'intérieur afin de soigner les égratignures de ses mains et de ses genoux. Elle avait huit ans et s'était entichée de lui. A l'adolescence, ce béguin d'enfant s'était transformé en admiration éperdue.

Avec lui, elle avait grimpé dans l'arbre, le soir de ses seize ans, et c'est alors qu'il l'avait embrassée. Sur le coup, Zoe en avait été tout émue et il lui avait fallu quelque temps pour comprendre qu'il s'agissait d'un simple geste d'affection fraternelle. Pour la petite amoureuse toutefois, ce baiser avait représenté un tournant ; à partir de ce jour, ses sentiments pour Ryan s'étaient mués en un attachement plus profond.

Zoe refusait de s'appesantir sur le passé. Elle ne tenait pas à affronter des questions dont elle préférait ignorer les réponses, questions qui avaient spontanément jailli en découvrant Ryan de l'autre côté des barreaux de sa cellule.

— Tout ce que je veux dire, reprit-elle, c'est que ça aurait été sympa de me tenir au courant pour Ryan.

— Sympa ?

— Prudent, concéda Zoe. Ça m'a fait un choc de le revoir.

— Au risque que tu sautes sur la première excuse venue pour ne pas assister à mon mariage ? Merci bien ! Et puis arrête de reprocher à Ryan une faute qui nous incombe à tous les deux. Nous n'avons jamais eu l'intention de te faire de la peine.

Zoe grimaça. Kate n'avait que trop raison. Elle n'avait jamais fait part à quiconque de son béguin pour Ryan, ni de son attente fiévreuse du jour où il la verrait autrement qu'en copine. Elle ne s'était pas étendue non plus sur le fait que, à l'époque, elle n'avait pas pris la fuite de Kate et Ryan pour ce qu'elle était, c'est-à-dire une forme de rébellion. Et après leur divorce, Ryan et elle n'avaient pas réussi à renouer les fils de l'amitié rompue.

26

Zoe s'installa au pied du lit avec son verre de thé. Elle en but une gorgée et soupira. Trop sucré, comme celui de sa mère.

— Depuis quand est-il revenu ?

— Quelques mois.

— Ils en ont donc eu tellement marre de lui à Philadelphie qu'ils l'ont viré ?

— Pour les détails, adresse-toi à Ryan. Il se montre très discret là-dessus. Mais je suis sûre que tu te trompes. C'est vraiment un type bien, Zoe.

Kate adressa à sa sœur un regard malicieux.

— Et il est célibataire !

— En quoi cela me concerne-t-il ? J'en ai par-dessus la tête de ces futures mariées qui se croient obligées de trouver un homme à toutes les femmes seules de leur entourage ! Qu'est-ce que tu t'imagines ? Que je suis si aigrie que tu doives m'offrir ton ex-époux sur un plateau ?

— Je voudrais tellement que tu connaisses mon bonheur...

— Tu parles ! riposta sèchement Zoe. Tu ne connais Alec que depuis quelques semaines. Trois malheureux rendez-vous et tu l'épouses ! Ça fait rêver.

— Je connais Alec depuis quelques mois ! rectifia Kate. Et puis, en amour, le temps n'a aucune importance. Alec et moi sommes faits l'un pour l'autre, comme Ryan et toi.

— Je préfère éviter ce sujet.

— Il est pourtant grand temps que nous en parlions ! répliqua Kate. D'une part, Ryan et moi n'avons jamais rien été l'un pour l'autre. Et qui se plaint d'être toujours demoiselle d'honneur et jamais mariée ?

— Ce que je voulais dire c'est...

Zoe s'assombrit.

— Ce n'est pas gentil de ramener ça sur le tapis.

Kate sourit.

— La gentillesse n'a rien à voir là-dedans. Je suis ta grande sœur ; tout ce que je veux, c'est ton bonheur.

— Dans ce cas, laisse ma vie amoureuse tranquille !

— Tu n'avais qu'à faire semblant de ne pas le connaître.

Zoe leva les yeux au ciel.

— J'étais couverte de boue ; lui, très élégant en pantalon de toile et T-shirt exhibant ses muscles ! Oui, j'ai remarqué sa prestance. Il m'a traitée de criminelle et je l'ai injurié en retour. Normal, non ?

« Et tu mourais d'envie de l'embrasser. »

Zoe tressaillit. Toujours cette traîtresse pensée.

— Je n'y peux rien si Ryan est célibataire, séduisant, honnête. Et *présent*.

— C'est bas, Kate, surtout venant de toi.

Zoe frissonna. Laisser Ryan O'Connor entrer dans sa vie bien ordonnée ? Pas question ! Elle n'était pas affamée de relation à ce point.

Elle leva son verre.

— Tu comprends, Kate, le thé de maman me convient, mais je sais que tout ce sucre est mauvais pour ma santé…

La voix de Zoe s'étrangla. Il fallait absolument dissuader Kate d'agir inconsidérément.

— Je n'appartiens pas à cette catégorie de femmes qui ont besoin d'un homme pour exister, reprit-elle. Mes amis et ma famille suffisent à mon bonheur.

— Ryan fait toujours partie de la famille, même si avons été mariés très peu de temps. Vous étiez intimes autrefois. Je ne vois pas pourquoi vous ne vous entendriez plus.

Kate prit la main de Zoe et la serra doucement.

— Essaie au moins de lui parler, que les choses soient claires entre vous.

Elle pouvait toujours compter là-dessus ! Cependant, lasse de discuter, Zoe acquiesça.

— D'accord...

— Promets-le. C'est important pour moi.

Zoe soupira. Kate était si tenace ; elle ne se laisserait pas facilement décourager.

— Je te promets d'avoir une conversation avec lui. Pour te faire plaisir.

Kate la serra dans ses bras.

— Tu verras, tu ne le regretteras pas.

Elle le regrettait déjà. Mais, bien sûr, elle devait se montrer à la hauteur de sa tâche de demoiselle d'honneur. Tant pis, elle s'arrangerait pour ne pas croiser Ryan. Et si ça se produisait, elle se montrerait... polie. Parfaitement polie.

— Et après, dit-elle gaiement, je n'aurais plus besoin de le revoir jusqu'au mariage.

Et, dans l'intervalle, elle s'interdirait de rêver de ses baisers ou d'être la destinataire de ses sourires charmeurs. Tout de même, l'expression hantée de son regard quand elle lui avait demandé les raisons de son départ de Philadelphie l'intriguait. De toute façon, elle les connaîtrait bien assez tôt.

— Il y a encore une chose que tu dois savoir...

La voix de Kate s'éteignit. Devant l'expression de sa sœur, Zoe se sentit gagnée par l'appréhension.

— Quoi ? demanda-t-elle néanmoins.

A ce moment, un brouhaha de voix masculines détourna leur attention. Elles gagnèrent le palier.

— Il y a quelqu'un ? cria une voix inconnue.

— Alec ?

Kate se recoiffa du bout des doigts et vérifia son apparence dans le miroir du couloir.

— Zoe est enfin arrivée ! répondit-elle. Et il y a un problème avec le traiteur !

Avec un soupir, Zoe réintégra sa chambre et referma la porte derrière elle. Elle quitta son peignoir de bains pour passer un jean usagé et un T-shirt imprimé du logo de *Wake Up, America*. Un bref coup d'œil au miroir lui confirma que, malgré ses joues trop rouges et ses yeux trop brillants, elle était présentable.

Elle descendit en hâte l'escalier et pénétra dans la salle de séjour où elle trouva sa sœur dans les bras d'un homme grand et brun. L'amour se lisait sur le visage de Kate ainsi que la certitude d'être aimée en retour.

Kate fit brièvement les présentations avant d'entraîner Alec à l'écart pour discuter des préparatifs du mariage. Zoe se rendit dans la cuisine où elle découvrit sans grande surprise Ryan, confortablement installé devant une pizza.

— Que fais-tu ici ? demanda-t-elle d'un ton rogue. Je pensais être débarrassée de toi pour la journée.

— Je suis là pour des histoires de garçon d'honneur...

Un sourcil levé, il l'examina des pieds à la tête avant de lui adresser un sourire au charme dévastateur.

— Tu es une autre femme !

— Ravie que tu t'en aperçoives.

— J'ai failli ne pas te reconnaître sans ta couche de boue...

Son regard glissa sur ses poignets.

— ... et sans tes menottes.

— Je réserve ma meilleure apparence pour la prison.

Avec un soupir, Zoe pensa à la promesse faite à Kate. Se réconcilier ? Pas ce soir, en tout cas.

— Rentre chez toi, Ryan. Je suis trop fatiguée pour engager une joute verbale avec toi.

— Pas question de laisser perdre cette pizza !

Zoe ouvrit le réfrigérateur avec plus de force que nécessaire, en sortit deux canettes de bière et en jeta une dans sa direction. Il la rattrapa avant qu'elle ne lui heurte la tête et la posa sur la table, puis il s'appuya contre le dossier de sa chaise.

— Ton tir s'est amélioré en même temps que tout le reste, constata-t-il.

Zoe l'aurait volontiers giflé. Ce n'était pas ses bonnes manières qui l'en dissuadaient mais les percussions qui jouaient à plein volume dans sa tête.

Elle ferma les yeux et frotta ses tempes douloureuses. « Tu n'as qu'à faire semblant de ne pas le connaître », avait suggéré Kate. Bien sûr, si la vie était moins compliquée et qu'elle était plus jeune, Zoe aurait volontiers tenté l'expérience. L'adolescent mignon et un peu dégingandé s'était métamorphosé en homme très séduisant. L'ennui était que Kate ne la croyait pas quand elle affirmait ne pas s'intéresser à lui, et qu'elle chercherait par tous les moyens à les réunir. Et Zoe se demandait si elle survivrait à l'épreuve.

— Kate pense que nous devrions nous expliquer, dit-elle d'un ton égal.

Il sourit, et le cœur de Zoe se mit à tambouriner contre ses côtes. Rien d'étonnant à cela. Dès la première minute de leurs retrouvailles, elle était retombée sous le charme. Décidément, il était temps de remettre les pendules à l'heure.

— Que dirais-tu de jouer « cartes sur table » ?

Il hésita puis soupira.

— Comme tu veux. J'admets avoir suivi ta carrière parce que ta réussite me faisait plaisir et, en retour, tu me dis pourquoi tu m'as traité en paria ces dix dernières années.

Elle faillit s'étrangler avec sa gorgée de bière.

— Je sais pourquoi, ajouta-t-il d'un ton qui dissimulait mal sa rancœur. Je ne suis pas idiot. Mais je veux te l'entendre dire.

Il fallut quelques secondes à Zoe pour retrouver l'usage de la parole.

— Je ne te laisserai pas résumer dix années de ma vie à soixante secondes de publicité pour...

— Si tu as proposé de jouer « cartes sur table », c'est que tu avais quelque chose d'important à me dire.

Il avait raison. Quand ils étaient adolescents, jouer « cartes sur table » leur permettait d'aborder les sujets épineux. Seulement, Zoe ne voulait pas qu'il ait raison. Pas plus qu'elle ne voulait qu'il soit beau, séduisant et libre.

Elle le voulait chauve, avec une vilaine peau, un estomac rebondi, une épouse horripilante et une ribambelle d'insupportables gosses au nez morveux. Elle le voulait à des milliers de kilomètres de là, incapable de bouleverser une vie déjà bien assez compliquée. Seulement, il était là. Et elle n'avait pas d'autre choix que de s'expliquer avec lui.

Il paraissait tellement à l'aise, assis à la table familiale, comme s'il y avait eu sa place pour l'éternité. Ce qui était d'ailleurs normal. Il était chez lui ici, autrefois. Et son départ avait creusé un vide que rien n'avait pu combler.

Zoe grimaça. Oh ! Comme elle lui en voulait de ranimer ces anciennes émotions...

— Tu ne m'as jamais prise au sérieux ! se défendit-elle. Tu apprécierais que je fasse irruption dans ta vie pour tout bouleverser ?

L'expression de Ryan se durcit. Il se pencha par-dessus la table jusqu'à ce que quelques centimètres seulement les séparent.

— Il n'y a rien à bouleverser dans ma vie.

Elle soutint son regard.

— Tu mens ! Explique-moi, par exemple, pourquoi tu es assis dans le fauteuil du chef de police de Riverbend alors que tu ne rêvais que de chasse au grand banditisme dans une métropole ?

— Ça ne te regarde pas !

— Tu te dégonfles, constata-t-elle froidement.

Puis elle choisit de répondre à sa question.

— Nous étions amis, Ryan. On n'abandonne pas ainsi ses amis.

— Est-ce ma faute si à la fin de mes études j'ai dû partir pour Philadelphie prendre mon poste ?

— Il ne s'agit pas de ça ! Tu n'étais pas là pour me soutenir aux moments les plus pénibles de ma vie.

— Je plaide coupable. Malheureusement, Kate et moi avions d'autres préoccupations.

— Qu'est-ce qui vous a pris de vous enfuir ?

— Je te le dirai si tu m'expliques pourquoi notre mariage t'a bouleversée au point que tu as délibérément coupé les ponts avec moi.

— Je ne peux pas répondre à cette question.

— Tu ne *peux* pas ou tu ne *veux* pas ? Je ne crois pas qu'il s'agisse de notre mariage à Kate et moi. Ni de notre emménagement à Philadelphie. Je crois qu'il s'agit de ton père.

— Laisse mon père en dehors de ceci ! répliqua-t-elle, le cœur battant. Tu ne sais rien !

— Je sais que tu as très mal vécu la séparation de tes parents. Kate en a souffert, elle aussi. Et j'ai eu toutes les peines du monde à me remettre de la disparition de mes parents dans ce stupide accident de voiture.

Elle se raidit contre la souffrance qu'exprimait la voix de Ryan.

— Kate m'a aidé à sortir du tunnel. Nous étions jeunes, impulsifs et guidés par notre libido.

Tout ce dont Zoe se rappelait, c'était cette soirée où elle avait pensé perdre les trois personnes qui représentaient tout pour elle. Et voilà que dix ans plus tard, en essayant de s'immiscer dans son existence, Ryan rouvrait des plaies mal cicatrisées.

Il repoussa le carton à pizza, effleurant sa main au passage. Zoe eut un frémissement de recul mais il la lui saisit.

— Kate et moi étions suffisamment intelligents pour nous rendre très vite compte que nous n'étions pas faits l'un pour l'autre. Nous nous sommes mariés sur un coup de tête. Tu comprends, j'ai toujours éprouvé une grande amitié pour elle, mais pas d'amour. Quant à tes parents, ils ont divorcé parce que leur union n'était pas heureuse. Et leur séparation t'a causé un tel choc que je t'ai laissé rejeter sur moi la responsabilité de ta souffrance. Mais c'est terminé.

Zoe n'avait pas voulu entendre les explications de ses parents concernant leur séparation. Elle ne voyait qu'une chose : sa vie familiale était détruite. Avec son père s'installant en Californie, Kate et Ryan à Philadelphie, elle était restée seule cet été-là pour soutenir une mère très abattue alors qu'elle avait elle-même le cœur en lambeaux.

Il avait fallu des mois pour que Zoe parvienne à rétablir une relation presque normale avec son père. Leurs rapports restaient cependant distants. Elle avait trop peur de souffrir de nouveau. Dix ans plus tard, ses sentiments n'avaient pas changé et Ryan O'Connor était un vivant rappel de la perte subie.

— Pour ce qui est de détendre l'atmosphère, c'est réussi, dit Zoe.

Elle dégagea sa main, se dirigea vers la porte et traversa la salle de séjour où Kate et Alec étaient maintenant blottis l'un contre l'autre sur le canapé. Avant de sortir, elle se retourna. La silhouette de Ryan se découpait sur le seuil de la cuisine. Zoe se remit en marche, espérant sans y croire qu'il la rappelle ou court derrière elle et reconnaisse ses erreurs après toutes ces années. Il n'en fit rien, bien sûr. Le cœur gros, elle gagna la rue. Le vent s'était levé et elle croyait l'entendre l'accuser de lâcheté en la frôlant.

Au coin de la rue, elle se rendit compte qu'elle n'avait nulle part où aller ailleurs que dans cette maison pleine de souvenirs qu'elle préférait oublier.

Ryan appuya son front contre la porte. Il avait tout gâché.

Dix ans plus tôt, en agissant inconsidérément à la mort de ses parents — sa fuite avec Kate en était la preuve — il avait renoncé à l'amitié de Zoe. Il ne songeait alors qu'à lui-même, à sa colère, à son chagrin. Il n'avait pas tenu compte des sentiments de Zoe, ce qu'il regrettait amèrement.

Et voilà qu'elle reparaissait, adulte. Pourtant, aussi séduisante soit-elle, il ne tenterait pas un geste. C'était pratiquement sa petite sœur ! Rien n'était possible entre eux.

Des femmes avaient traversé sa vie. Après tout, il était un individu sain et normal, doté d'une sexualité saine et normale. Il ne s'était pourtant jamais autorisé à s'attacher. Il se retranchait toujours derrière le fait que, appartenant à la police criminelle, il menait une vie dangereuse et pleine d'incertitudes qu'il ne pouvait imposer à une femme.

Sauf qu'il n'appartenait plus à la police criminelle. Sa vie n'était plus faite d'incertitudes et de dangers… Malgré tout, il n'était toujours pas prêt à s'engager. Il n'avait pas peur, non. Il craignait juste de ne pas être à la hauteur des attentes de sa partenaire. C'était déjà bien assez difficile d'être à la hauteur des siennes, pensa-t-il avec une grimace.

Il remarqua tout à coup Kate, qui le regardait d'un air soucieux.

— Ta discussion avec Zoe a tourné court, on dirait ?

— Comment as-tu pu oublier de lui dire que j'étais garçon d'honneur ?

Kate haussa légèrement les épaules.

— Il n'y a pas de quoi en faire un drame !

— C'est grave pour Zoe. Tu le lui as délibérément caché.

Kate grimaça.

— Je pensais l'amener doucement à cette idée. Mais c'était avant que tu ne la mettes sous les verrous, évidemment.

Ryan ignora la remarque.

— Tu envisageais sans doute de la prendre à part quelques minutes avant le début de la cérémonie et de lui chuchoter : « Tu vois ce type en smoking ? C'est ton cavalier. Tu vas remonter l'allée de l'église à son bras. Oh ! A propos, tu le connais. C'est Ryan O'Connor, ton ami d'enfance. »

— Parfaitement.

— Ce n'est pas drôle, Kate !

— Je n'essaie pas de l'être. Je voudrais juste que vous me promettiez de ne pas vous chamailler, Zoe et toi, durant les quinze prochains jours.

Comme il ne répondait pas, elle pointa son index sur sa poitrine.

— Promets !

Il hocha la tête.

— Mieux vaudrait rappeler à ta chère petite sœur qu'il faut être deux pour faire la paix !

36

— Zoe le sait, répondit Kate avec une patience exagérée. Seulement, elle ne fonctionne pas comme nous.

Il haussa les épaules.

— Ce jugement ne regarde que toi.

Ryan consulta sa montre.

— Il faut que je parte. Je dois m'assurer qu'il n'y a pas de problèmes au poste. Mais auparavant, j'aimerais que tu te souviennes d'une chose, Kate : Zoe et moi sommes comme l'eau et l'huile : impossible de nous mélanger. Et je n'ai aucune intention de m'engager avec elle. Alors, s'il te plaît, inutile de jouer les entremetteuses ; ça ne marchera pas !

Ryan entendit la porte se refermer derrière lui et le murmure étouffé des voix de Kate et d'Alec avant que la lumière du porche ne s'allume, annonçant le retour de Zoe. Il appela le poste de police. Quand on lui eût assuré que la soirée se déroulait sans incidents, il se dirigea vers la maison voisine. Celle qui avait été autrefois son foyer et était en passe de le redevenir.

Il regarda la pancarte indiquant « Maison à vendre », se rappelant son émotion quand il l'avait remarquée, peu après son arrivée à Riverbend, six mois plus tôt.

Il gagna le jardin arrière où il découvrit avec plaisir les rosiers que cultivait amoureusement sa mère en pleine floraison.

Un léger bruit derrière lui l'alerta. Il fit demi-tour et fut surpris de découvrir Zoe sur le trottoir. Son visage, éclairé par la lumière de la lune, avait une expression troublée.

Ryan s'assit sur la première marche du porche.

— Viens, dit-il doucement, se rappelant sa promesse à Kate.

Elle s'approcha avec réticence.

— Je n'ai pas envie de parler.

— D'accord. Restons tranquillement assis.

Après quelques instants de silence, Zoe murmura cependant :

— J'ai toujours eu envie de vivre ici.

Il ne demanda pas pourquoi. Il se rappelait les cris provenant de la maison voisine, les portes qui claquaient, les pleurs de la mère de Zoe.

— Je me souviens de notre rencontre, dit-il en riant. Elle m'a laissé un souvenir impérissable !

Son regard erra autour de lui comme s'il cherchait une fillette rousse, aux allures de lutin, qui l'observait avec curiosité par la fenêtre de sa chambre, partiellement dissimulée derrière un chêne aux branches noueuses.

— J'étais contente d'avoir un nouveau camarade de jeux, riposta-t-elle sèchement. Et encore plus que tu sois un garçon.

Elle était passée de sa fenêtre à une branche du chêne et ils avaient joué à qui baisserait le premier le regard jusqu'à ce que, dans un éclat de rire, elle disparaisse.

— Quelle peur j'ai eue quand j'ai compris que tu étais tombée de l'arbre !

— J'étais affreusement vexée...

— Mais tu n'as pas versé une larme.

— Je n'avais pas intérêt ! Si mes parents avaient appris que j'étais grimpée dans l'arbre, il aurait fini en cendres.

Elle rit.

— Mais le lendemain matin, c'est moi qui ai eu un choc quand Webster t'a échappé et a sauté dans ma piscine !

— Avec lui, c'était toujours la bagarre pour savoir qui était le maître !

Ryan se rappelait le jour où la petite Zoe, âgée de huit ans, coincée sous dix bons kilos de golden retriever, hurlait, non parce qu'elle avait mal mais parce qu'elle craignait que le jeune chien ne se soit blessé.

L'expression de Ryan s'assombrit en se remémorant un autre jour, celui de l'enterrement de ses parents, où, au retour du cimetière, il avait entrepris de planter avec rage une pancarte « A vendre », presque semblable à celle d'aujourd'hui, devant la maison. Les lugubres aboiements de Webster accompagnaient chaque coup jusqu'à ce que Zoe vienne à la rescousse, intimant au jeune garçon de prendre une bonne douche et emmenant le chien faire une promenade.

Depuis le seuil de la porte, il les avait regardés s'éloigner le long de la rue, souhaitant pouvoir rester toujours avec eux, avec elle, avec quelqu'un, n'importe où ailleurs que dans cette grande maison désormais solitaire.

Un long silence s'instaura entre eux puis Zoe se leva brusquement.

— Je suis désolée que « cartes sur table » ait aussi mal tourné.

Il prit son visage entre ses mains.

— Ça a été une rude journée pour tous les deux.

Ryan regarda Zoe traverser en courant le jardin et rentrer dans la maison. Alors, à pas lents, il gagna lui-même le trottoir et s'arrêta devant la pancarte.

L'espace d'un bref instant, il se prit à souhaiter pouvoir remonter le temps.

3.

Les semelles de Ryan frappaient le trottoir au rythme des battements désordonnés de son cœur. Il courait beaucoup trop vite après une cible qu'il ne parvenait pas à rattraper. Soudain, celle-ci disparut au coin de la rue. Parvenu à l'angle, Ryan vit l'homme s'engouffrer dans une impasse au fond de laquelle se tenait Sean. Il saisit son revolver et visa à travers une brume rouge, suffocante.

Quelque chose d'humide dégoulinait sur ses chaussures. Baissant les yeux, il découvrit une mare de sang à ses pieds. Il ne voyait plus ni l'homme, ni Sean, mais il eut la vision de Zoe qui l'appelait doucement en tendant vers lui des mains couvertes de sang. Que diable fabriquait-elle ici ? Puis son image s'estompa et une voix moqueuse susurra à son oreille : « Trop tard ! »

Un bruit sec propulsa Ryan hors de sa chaise. Prenant conscience qu'il s'était un instant assoupi et qu'il avait rêvé, il se précipita dans le hall d'accueil où il découvrit Jake et la réceptionniste sur le pas de la porte, hochant la tête.

— Que s'est-il passé ? s'enquit-il précipitamment. Y a-t-il des blessés ? Mais qu'est-ce que tu attends, Jake ? File voir ce qui se passe !

— Je sais ce qui se passe, répondit ce dernier. C'est la voiture d'Henry Larkin qui pétarade encore. Je lui ai collé un P.V. il y a plus d'un mois en lui demandant de faire réparer son silencieux.

— Bon sang ! s'exclama Ryan, on aurait dit un coup de fusil.

Il réintégra son bureau. Par la fenêtre, il vit Henry Larkin, un jeune homme de dix-huit ans, lui adresser un signe de la main avant de s'éloigner en direction du square, sa voiture marquant des pauses tous les cent mètres avant de repartir dans un bruit d'explosion, un épais nuage de fumée dans son sillage.

Il se laissa tomber sur sa chaise, épuisé. Après avoir passé une très mauvaise nuit, il s'était levé avec le soleil et avait longuement couru. De retour chez lui, il avait épousseté les meubles et s'était douché. Puis il avait roulé sans but dans les rues avant de se retrouver au poste de police. Là, il avait décidé de s'occuper de paperasses si ennuyeuses qu'il s'était endormi.

Il ferma les yeux. Il avait fait un autre rêve. Quelques instants avant le lever du jour, il faisait le pied de grue devant la maison des Russell. Par la fenêtre, Zoe l'avait aperçu. Elle avait ouvert la porte, couru le long de l'allée et s'était jetée dans ses bras. Et ils s'étaient embrassés, si légèrement qu'il avait silencieusement imploré davantage.

Il avait repris sa bouche. Et, sentant son souffle contre ses lèvres, leurs cœurs battant à l'unisson, il s'était senti plus vivant que jamais. Et il s'était éveillé, frustré, irrité, nerveux.

Il devait s'interdire de penser à Zoe autrement que comme à une petite sœur. Evidemment, ce rêve augurait mal de l'avenir. Mais il ne céderait pas à la tentation ; ce ne serait pas juste.

Avec un soupir, il se frotta le visage. Il ferait mieux de rentrer se reposer. Zoe, elle, ne s'était sûrement pas agitée toute la nuit ; elle avait dû dormir à poings fermés, comme autrefois. A part la sonnerie du réveil pressée contre son oreille, rien ne pouvait l'arracher au sommeil.

Il fouilla dans le tiroir inférieur de son bureau, en sortit une photographie encadrée qu'il y avait caché lors de son installation et la posa devant lui. Elle les représentait, Sean et lui, le jour où ils s'étaient associés, trois ans plus tôt.

— J'aurais dû te tirer d'affaire, mon vieux, murmura-t-il.

Il songea au psychothérapeute, rencontré après le drame, qui lui avait conseillé de fuir le stress. Il en avait de bonnes ! Comme s'il pouvait imaginer exercer un autre métier…

Il se dirigea vers la fenêtre et eut la surprise de découvrir Zoe, assise sur le rebord de pierre de l'étang où elle avait fait le plus beau plongeon de sa vie.

Elle portait une salopette en jean et un T-shirt orange vif qui aurait dû jurer avec sa chevelure rousse. Sur elle pourtant, l'association n'avait rien de vulgaire, bien au contraire. Elle paraissait jeune, innocente, aussi éloignée que possible de la citadine sophistiquée qu'il voyait tous les matins exhiber ses reportages douteux sur son écran de télévision.

Il se dégageait d'elle une subtile sensualité. Le durcissement familier de son bas-ventre lui rappela qu'il s'était écoulé un long moment depuis ses derniers rapports physiques.

Mais si le sexe était une solution, Ryan aurait réglé ses problèmes depuis longtemps ! Plus d'une femme à Riverbend se serait volontiers glissée dans son lit pour une aventure sans lendemain.

Il regarda Zoe plonger sa main dans l'eau et sourire. Et il sourit lui aussi, tristement. Il aurait tant aimé que ce sourire s'adresse à lui, même s'il savait qu'il valait mieux pour tous les deux que ce ne soit pas le cas.

Zoe agitait sa main dans l'eau et regardait son reflet se rider tandis que de gros poissons rouges montaient à la surface. L'un d'eux, qui possédait de grosses lèvres boudeuses, lui rappela Jeremy. Elle frissonna. Avec ses lèvres molles et ses grands airs, Jeremy faisait un très vilain petit ami. Heureusement, il était sorti de sa vie. Et elle n'avait aucune envie de rencontrer d'autres spécimens de cette espèce.

Elle sortit si brusquement sa main de l'eau que les poissons s'éparpillèrent dans tous les sens. Ses pensées revenant à Ryan, elle sourit. Si ses lèvres étaient sensuelles, pas du tout boudeuses, il prenait indubitablement de grands airs. Son regard glissa vers le poste de police, situé de l'autre côté de la rue, et elle eut la fugitive sensation que Ryan l'observait. Puis, comme si ses pensées l'avaient matérialisé, il apparut sur le seuil du commissariat, toujours aussi séduisant en jean et T-shirt noirs. Il souriait, avec ses adorables fossettes, ses cheveux blonds un peu trop longs et tout emmêlés, et son regard d'un bleu qui donnait envie de s'y noyer.

Alors que Zoe dormait généralement très bien, elle s'était agitée toute la nuit dans son lit. Le jeu de « cartes sur table » n'avait fait que creuser le fossé entre eux, songea-t-elle en le voyant traverser la rue et approcher d'un pas décidé. Un fossé dont elle était responsable, elle le reconnaissait. Et maintenant, elle avait le choix entre supporter Ryan pendant quinze jours ou bien travailler à restaurer leur amitié.

La vérité était que Ryan avait été son premier amour, même s'il l'ignorait. Mais il s'obstinait à la traiter en petite sœur. Même quand elle découvrait de nouveaux moyens de le mettre hors de lui, il se montrait indulgent. Elle cherchait toujours à le provoquer, se rappela-t-elle avec un sourire. Et aujourd'hui encore l'expérience la tentait.

Il l'attirait toujours et elle se retrouvait sans volonté devant lui. Elle avait beau ordonner à son cœur de battre moins fort et à ses pieds de prendre la direction opposée, ils refusaient de lui obéir.

Il vint s'asseoir près d'elle, si près que son épaule frôla la sienne.

— Alors, soldat, quoi de neuf sur le front du mariage ?

Malgré elle, elle sourit.

— J'ai besoin d'une pause. Je viens de passer une heure chez la couturière à me faire bousculer, houspiller et larder de coups d'épingles au point que j'avais envie de hurler !

Elle devait toutefois reconnaître que, malgré la torture de la séance d'essayage, elle avait été agréablement surprise par la robe d'un rose pâle qui, loin de jurer avec sa chevelure rousse, mettait en valeur le vert émeraude de ses yeux.

— Alors, à quand la prochaine bataille ? demanda Ryan d'une voix étouffée par un bâillement.

Zoe l'examina d'un air intrigué.

— On dirait que tu n'as pas fermé l'œil de la nuit.

Il eut un geste insouciant.

— Ça va. Comment Kate s'en sort-elle ?

— Aujourd'hui, elle était mécontente de sa commande chez le traiteur, expliqua Zoe d'un ton las. J'imagine qu'Alec et elle sont encore en train de discuter des mérites comparés des canapés, pâtés et mini-sandwichs.

— Les petits détails peuvent gâcher un mariage, déclara Ryan d'un ton dont le sérieux se trouvait démenti par le sourire qui jouait au coin de ses lèvres. Et ta mère ?

— Elle reste prudemment en dehors des discussions. Mais elle a proposé de m'aider quand j'ai appris que j'organisais un lunch la semaine prochaine au River Café.

Elle soupira.

— C'est incroyable l'énergie que doit déployer une demoiselle d'honneur ! Enfin, c'est sûrement mieux que si Kate et Alec avaient filé se marier en douce…

Devant l'expression assombrie de Ryan qui se rappelait sans doute sa propre escapade avec Kate, elle se mordit la lèvre.

— Tu devrais te marier pour rattraper Kate, lui dit-il doucement.

— Je ne suis pas prête à franchir le pas ! répliqua Zoe. Le célibat me convient très bien.

En effet, à quoi bon offrir son cœur pour ne récolter que de la souffrance ?

— Bon, il faut que j'y aille. J'ai des courses à faire.

Sur ces mots, Zoe se leva et se dirigea vers la rue marchande à travers le parc. Elle n'avait pas fait trois mètres qu'elle entendit un bruit de pas derrière elle. Elle accéléra l'allure ; son poursuivant fit la même chose. Alors, elle s'arrêta brusquement et se retourna.

— Pourquoi me suis-tu ?

— Je veux juste m'assurer que tu traverses le parc sans encombre. Je n'ai pas envie de te repêcher dans l'étang pour la deuxième fois en deux jours.

Il eut ce sourire provocateur qui accélérait les battements du cœur de Zoe, ce sourire qu'elle rêvait d'effacer de son visage.

— Tu ne peux pas t'empêcher d'être odieux ?

Il secoua la tête.

— Je dois assurer ta sécurité et ton bien-être jusqu'au lendemain du mariage.

Elle leva les yeux au ciel.

— Je n'ai pas besoin d'un garde du corps ! Je connais assez les rues de Riverbend pour ne pas m'y perdre !

Tout en se chamaillant, ils s'étaient remis en marche et arrivaient maintenant devant la boutique du fleuriste où Zoe devait retrouver sa mère.

Ryan lui ouvrit la porte.

— Kate a dit…, commença-t-il.

Zoe étouffa un gémissement alors qu'elle le frôlait en passant devant lui.

— J'imagine très bien ce qu'elle a dit !

Est-ce que ce serait si terrible de suivre le conseil de Kate, se demanda-t-elle, d'oublier le passé et d'apprendre à connaître celui que Ryan était devenu ? Serait-elle assez courageuse pour prendre ce risque ?

Elle souhaita trouver le moyen de neutraliser Kate sans la heurter ni mettre Ryan dans la confidence. Elle n'osait imaginer sa réaction en apprenant que Kate voulait les marier.

— Je n'arrive pas à croire que tu prêtes attention à ses divagations, ajouta-t-elle.

— J'ai promis.

— Promis quoi ?

— Que durant les quinze prochains jours, je m'efforcerais d'aplanir les difficultés entre nous, aussi impossible sois-tu.

D'un geste, il coupa court aux protestations de Zoe.

— En tout cas, poursuivit-il, si Kate était maligne, elle arrêterait de s'efforcer de nous marier avant que ça tourne mal.

46

C'était une chose, pensa Zoe, d'être agacée par les machinations de Kate, c'en était une autre d'entendre Ryan déclarer froidement qu'il ne lui portait aucun intérêt. Tout en souhaitant approfondir ce point, elle jugea préférable de se contenter d'acquiescer. Ryan finirait bien par se fatiguer de son petit jeu. En tout cas, il mériterait qu'elle passe les quinze prochains jours à exercer sur lui ses talents de séductrice, juste pour lui prouver qu'il avait tort !

En constatant que sa mère ne se trouvait pas dans le magasin, Zoe ressortit, Ryan sur ses talons. Et il ne la lâcha pas d'une semelle tandis qu'elle effectuait ses achats. Il tint même à la raccompagner jusqu'à sa porte. Là, il lui tendit ses paquets.

— Je t'appelle.

— C'est inutile.

— Il s'agit juste de tenir ma promesse.

Zoe le regarda s'éloigner en sifflotant avec insouciance et demeura longtemps immobile après qu'il ait disparu.

— Si tu pouvais mettre un peu de plomb dans la cervelle de maman !

Zoe s'adossa à la porte et contempla la scène qui se déroulait sous ses yeux. Kate, en pyjama de flanelle, et leur mère, vêtue d'un ensemble de soie, son collier de perles au cou, se disputaient âprement un vieux tablier que Zoe avait toujours vu suspendu derrière la porte de la cuisine familiale.

— Je croyais que cette cuisine était une zone libre de mère, chuchota-t-elle à l'oreille de sa sœur, la distrayant juste assez pour que Penelope lui arrache d'un coup sec le tablier.

— J'ai pris des cours de cuisine ! déclara cette dernière d'un air satisfait.

Avec un sourire de triomphe, elle noua le tablier autour de sa taille restée svelte et retourna à ses fourneaux. A l'aide d'une louche, elle remua une préparation qui ressemblait vaguement à de la pâte à crêpes.

Penelope, pensa tendrement Zoe, était une mère formidable mais une piètre cuisinière ! Dès que ses filles avaient été en âge d'atteindre la gazinière, elle s'était déchargée sur elles des tâches culinaires. Et alors, c'en fut terminé des repas carbonisés, du café bouilli et des thés glacés imbuvables malgré l'ajout d'une incroyable quantité de sucre !

Kate se laissa tomber sur une chaise.

— Il est à peine 7 heures et c'est la deuxième tournée de crêpes que tu rates !

Sans répondre, Penelope en tendit une à Zoe. Elle semblait aussi dure et appétissante qu'un caillou.

La jeune femme frémit.

— Il est trop tôt, maman. Je me contenterai de café.

Après avoir déposé un baiser sur la joue de sa mère, elle alla chercher une tasse et se dirigea vers la cafetière.

Penelope s'interposa.

— Laisse-moi te servir, ma chérie. Je l'ai préparé juste comme tu aimes.

Zoe sourit faiblement et, dès que sa mère eut le dos tourné, versa la moitié du contenu de sa tasse dans l'évier. Le café serait imbuvable mais elle y goûterait, parce que Penelope l'avait préparé avec amour.

Avec un soupir, Zoe posa ses coudes sur la table, prit son menton dans ses mains et regarda sa mère s'activer.

— N'est-ce pas agréable de prendre le petit déjeuner ensemble ? fit remarquer Penelope. Cela fait si long-temps…

Elle posa sur la table une assiette, de laquelle émergeaient des sortes de rochers noircis et quelque chose qui ressemblait à du papier brûlé mais sentait le bacon carbonisé. Elle s'assit et poussa l'assiette vers Kate qui la fit suivre à Zoe. Cette dernière y préleva une tranche de bacon et l'examina avec une sorte de fascination avant de la laisser tomber sur son assiette.

— Je ne mange presque rien le matin, dit-elle en faisant discrètement disparaître le bacon dans sa serviette.

Puis elle se pencha par-dessus la table et agita ses mains sous le nez de sa mère.

— Mais dites-moi, Penelope Russell, comment se fait-il que vous ayez fait soixante-dix kilomètres pour venir préparer le petit déjeuner de vos filles ?

— Je n'arrivais pas à dormir, alors j'ai décidé de vous faire la surprise. La maison a beau appartenir à Kate, désormais, je m'y sens toujours chez moi.

Kate hocha la tête.

— Ça explique tout.

— Ça explique quoi ? demanda Zoe.

Elle but une gorgée de café. Un peu trop fort mais buvable. Elle rajouta du lait.

— Essaie de la raisonner, grommela Kate.

— Je veux bien moi, si je sais de quoi il s'agit !

— Encore un peu de café ? proposa Penelope.

Tandis que Kate et Zoe secouaient énergiquement la tête, Penelope s'en servit une tasse et ajouta assez de crème et de sucre pour donner à Zoe — et à toute la population de Riverbend — une bonne indigestion.

Zoe jeta à Kate un regard féroce.

— J'espère que vous ne parlez pas de Ryan et moi derrière mon dos ?

— Qu'est-ce que tu crois ? Nous avons d'autres sujets de préoccupation que vous deux ! répliqua vertement Kate.

Elle regarda Penelope.

— Tu souffres sans doute du syndrome de « mère de future mariée ».

Le visage de Penelope s'éclaira.

— Tu crois ?

— Maman n'est pas d'un tempérament nerveux ! déclara Zoe en se levant de table.

Elle jeta sa serviette à la poubelle et posa assiette et tasse dans l'évier. En revenant à la table, elle s'arrêta près de sa mère, la prit par les épaules et déposa un baiser sur sa tête.

— Tu es même d'un calme olympien !

Elle regarda sa mère avaler sa tasse de café trop sucré puis s'en verser une deuxième.

— Là, tu exagères ! Je crois que tu devrais arrêter le café.

— Je ne vois pas pourquoi je me priverais ! Je suis encore assez jeune pour profiter des plaisirs de la vie.

Penelope tapota ses mèches grises.

— J'envisage de me teindre en blonde. Qu'en pensez-vous ?

Zoe préféra laisser sans réponse l'explosive question.

— Tu bois de nouveau du café, tu prends des cours de cuisine, tu portes tes perles dès le matin. Que me cachez-vous, Kate et toi ?

Penelope se redressa de toute sa taille.

— Je fréquente un homme.

— Tu... Mais, maman, tu as...

Zoe chercha frénétiquement l'âge de sa mère.

— ... tu as presque soixante ans !

— J'en ai cinquante-sept, répliqua dignement Penelope, et mes amis affirment que je n'en parais pas cinquante. Ma silhouette et mes facultés intellectuelles sont intactes. Pourquoi ne profiterais-je pas du temps qui me reste ? Vous avez toutes les deux votre carrière. Qu'est-ce que j'ai, moi ? Les soirées bingo du mercredi ?

Elle frissonna.

— Je hais le bingo ! Le bingo, c'est pour les morts vivants !

— Je croyais que tu étais heureuse à Cincinnati, se sentit obligée de souligner Zoe. Que tu t'y étais fait des amis.

— C'est un ami, dit Penelope d'un ton plein de nostalgie. Un vieil ami, que je pensais ne jamais revoir.

— Et que sais-tu de lui ? intervint Kate.

— Tout ce que j'ai besoin de savoir ! rétorqua Penelope d'un ton outragé. Et je vous prie de vous mêler de vos affaires ! Est-ce que j'ai assommé Kate de questions quand elle m'a annoncé son mariage avec Alec ? Est-ce que je t'ai interrogé, Zoe, sur tes connaissances masculines de New York ? Et est-ce que je t'ai demandé pourquoi aucun d'entre eux ne semblait être un gendre potentiel ? Non, non et non !

Il y eut un silence.

— Tout ça, c'est de ta faute, Zoe ! s'écria Kate quand elle retrouva l'usage de sa voix. C'est à cause de cette enquête, le mois dernier, dans *Wake Up, America*, à propos des célibataires d'un certain âge qui recommencent à sortir avec des hommes. Maman et ses amies ne parlaient plus que de ça !

— J'ai adoré, dit Penelope, tapotant la main de Zoe. « Accordez-nous, à nous autres, dames d'un certain âge...

Elle jeta un coup d'œil à Kate.

— ... d'autres préoccupations que la confection de chaussons pour des petits-enfants que nous n'aurons peut-être jamais ! »

— Moi, je suis d'accord pour que maman fréquente quelqu'un, dit Zoe, essentiellement pour contrarier Kate.

Penelope lui sourit, et Kate leva les yeux au ciel. Et puis, comme obéissant à un mystérieux signal, toutes trois éclatèrent de rire.

— Allez discuter ailleurs de vos projets de mariage ! dit Zoe quand elles furent un peu calmées.

D'un geste, elle les chassa de la cuisine.

Elle avait besoin de solitude pour digérer la nouvelle. Tout en ajoutant du détergent à l'eau chaude, Zoe sourit. Elle imaginait d'ici l'allure du vieil ami de sa mère. Chevelure argent, grand, mince, probablement vêtu d'un pantalon à carreaux et d'un polo.

Depuis le divorce de ses parents, Zoe ne se rappelait pas avoir entendu sa mère mentionner un quelconque intérêt pour un autre homme. Elle n'avait jamais non plus prononcé un mot de travers sur Lawrence Russell.

— Nous nous sommes mariés trop jeunes, avait-elle répondu à Zoe qui lui demandait les causes de leur mésentente.

Et puis, Penelope avait souri d'un air rêveur, un peu comme aujourd'hui, et changé de conversation.

Zoe se demandait si elle avait cessé d'aimer son père.

Au cours d'une des premières visites à son père dans son nouveau domicile de Californie, elle avait là aussi insisté pour connaître les raisons de leur divorce. Son père avait refusé d'entrer dans les détails et résumé la situation comme Penelope. Et jamais, dans les années qui suivirent leur séparation, il n'avait émis la moindre critique à son sujet.

Malgré tout, Zoe avait le sentiment que sa mère avait subi une injustice et que Kate et elle en avaient souffert. L'épreuve avait rendu Zoe méfiante vis-à-vis des hommes et de leurs promesses.

Leur père était attendu à Riverbend pour le dîner de répétition, la veille du mariage. Et pour autant que Zoe le sache, ses parents ne s'étaient pas revus depuis leur divorce. Restait à espérer que l'expérience ne perturberait pas trop Penelope. C'était sans doute un signe de bonne santé qu'elle réponde à l'intérêt d'un homme. Même si elle n'était pas prête à en discuter avec ses filles.

Zoe avait impatiemment attendu ces quinze jours avec sa mère et sa sœur. Sa vie à New York était tout sauf relaxante. Du travail, des courses, et encore du travail. Ces derniers temps, elle avait de moins en moins de temps à consacrer à ses amis ou aux sorties.

« Trop peu de temps pour profiter de la vie », chuchota une petite voix venue des tréfonds de sa conscience. Si elle l'avait déjà entendue, c'était bien la première fois qu'elle prenait les intonations de celle de Ryan.

Elle n'était pas de retour à Riverbend depuis deux jours que, déjà, il avait investi la maison de son enfance, influencé son point de vue sur son métier et sa vie privée, et s'était même approprié la petite voix qui l'aidait à traverser les aléas de la vie !

Que serait-il arrivé, se demandait Zoe, si, au lieu de se lever de table en colère, elle l'avait attiré à elle et embrassé ? Elle songeait sans doute trop souvent à l'embrasser mais cela l'aurait du moins déstabilisé. Ce qui aurait présenté l'avantage de rétablir l'équilibre entre eux.

Le sommeil avait été long à venir, la nuit précédente. Et il n'avait pas été réparateur. Oh ! pourquoi avait-elle laissé ses émotions prendre le dessus ? Pourquoi s'était-elle enfuie après deux ou trois vérités trop douloureuses à entendre ? Et pourquoi en voulait-elle toujours autant à Ryan ?

Elle lava avec précaution les tasses de porcelaine fine puis les rinça. Il semblait si facile à Kate de s'éprendre d'un homme qu'elle connaissait à peine. Et si facile à sa mère de renouer avec sa vie sentimentale.

Pour sa part, Zoe trouvait très difficile d'entendre cliqueter son horloge biologique pendant qu'elle s'occupait de sa brillante carrière, essayait de se satisfaire de sa vie sociale inexistante et s'interdisait de connaître l'opinion de Ryan O'Connor à son sujet. Elle serait agréable et polie le temps qu'ils devraient passer ensemble en tant que demoiselle et garçon d'honneur. Et elle le provoquerait également, rien que pour lui montrer le pouvoir qu'elle avait sur lui.

Des éclats de rire lui parvinrent de la salle de séjour, parmi lesquels elle reconnut la voix grave et profonde de Ryan. Il avait décidément le chic pour se présenter aux moments où elle s'y attendait le moins.

— Tu as oublié l'usage du lave-vaisselle ?

Il était derrière elle. Il glissa un bras le long de sa taille et joua du bout des doigts avec l'eau savonneuse. La tentation était trop forte. Tout en sachant qu'elle jouait un jeu dangereux, elle en préleva dans le creux de sa main et, bien que coincée entre l'évier et lui, réussit à se retourner pour l'asperger. La surprise de son expression valait largement les représailles qui n'allaient pas manquer de suivre.

Il frotta sa chemise.

— Pourquoi as-tu fait ça ?

— Oh ! Juste pour le plaisir.

En riant, elle cueillit de nouvelles bulles de savon. Cette fois, cependant, Ryan se méfiait. Il lui saisit le poignet et l'attira lentement à lui.

— Que fais-tu ?

— Je me fais plaisir...

Il la surprit en lui caressant les lèvres du bout des doigts. Quand elle lui donna une bourrade dans la poitrine, Ryan la lâcha, troublé comme s'il la voyait pour la première fois.

Puis il déguerpit par la porte arrière.

Elle l'avait bien eu ! pensa Zoe avec satisfaction.

Elle retira le bouchon de l'évier et, le sourire aux lèvres, regarda s'écouler l'eau savonneuse.

4.

Zoe était assise en tailleur devant la table basse de la salle de séjour, un œil sur l'écran de télé tandis qu'elle griffonnait fiévreusement sur son bloc. L'ébauche de sa nouvelle émission était arrivée peu avant midi et, depuis une heure, elle l'étudiait, ajoutant ses suggestions de modifications à celles de sa productrice, reçues par téléphone.

Mais il lui était difficile de se concentrer.

Elle ne savait ce qui était le plus perturbant de la présence de Ryan ou de son absence. Elle s'était attendue à le voir dimanche, au déjeuner, sa sœur ayant tenu à l'inviter. Mais, bien qu'il ait accepté, il avait brillé par son absence. Et il ne s'était pas non plus manifesté l'après-midi, pour son entraînement de base-ball avec Alec, qui avait éludé d'un haussement d'épaules les questions concernant la défection de son ami.

Elle ne s'inquiétait pas.

Elle était quand même passée au poste, la veille. A ses questions, Jake s'était contenté de répondre que Ryan avait pris quelques jours de congé. Elle avait failli lui demander où elle pourrait le joindre mais une petite voix intérieure lui avait soufflé que ce n'était pas ses affaires. Par chance, elle ne ressemblait plus à celle Ryan.

C'était terrible. Elle n'arrêtait pas de chercher des réponses à des questions qui auraient dû la laisser indifférente. Par exemple, que cherchait-il en lui caressant les lèvres ? Ce n'était pas un geste amoureux, en tout cas. Il s'était montré très clair sur ce point. Enfin, il lui semblait.

Aujourd'hui, on était mardi, et il gardait toujours ses distances. Ce qui était probablement pour le mieux puisque presque toutes leurs conversations dégénéraient en pugilats. Mais pourquoi se disputaient-ils ainsi ? Et pourquoi était-ce si important de connaître la réponse ?

« Cesse de te fixer sur lui ! lui intima sa petite voix intérieure. Dans moins de quinze jours, tu seras de retour à Manhattan et tu oublieras jusqu'au nom de Ryan O'Connor ! »

Malheureusement, Zoe n'était pas très sûre que la petite voix ait raison.

Elle se força à se concentrer sur son travail. Son émission, nota-t-elle avec une certaine angoisse, devait être diffusée entre 21 et 23 heures, le vendredi précédant le mariage de Kate, c'est-à-dire, à onze jours de là.

On lui avait précisé que les directeurs de la chaîne la regarderaient avec une attention toute particulière. Ce qui signifiait, pensa-t-elle en actionnant la commande de marche arrière de la bande, que sa carrière dépendait du succès de l'émission.

Sur l'écran apparut le visage d'une jeune actrice britannique montante, connue sous le nom de Mia. Durant l'après-midi que Zoe avait passé en sa compagnie, celle-ci s'était longuement épanchée. Apparemment, le mot « discrétion » ne faisait pas partie de son vocabulaire.

Son dernier film, une comédie romantique relatant les aventures d'une londonienne du XXIe siècle transportée par magie au XIXe siècle et tombant amoureuse d'un duc, avait propulsé Mia sur le devant de la scène.

L'ennui était que la conversation de Mia restait très limitée. Aux questions de Zoe sur les changements intervenus dans les relations entre les sexes à travers l'histoire, Mia ne répondait que par des fadaises.

Zoe regarda la jeune femme ressasser lamentablement sa vie amoureuse, s'étendre sur sa dernière relation avec un homme dont elle ne citait jamais le nom mais derrière lequel les téléspectateurs pouvaient reconnaître un puissant personnage politique. Aucune correction ne sauverait l'émission, décida-t-elle en buvant une gorgée de thé glacé.

Et aucun raccommodage n'améliorerait sa relation avec Ryan.

Il aurait fallu la hacher menu pour qu'elle reconnaisse devant sa mère et sa sœur combien il lui manquait. Elle n'arrivait pas à le chasser de son esprit. Et les sentiments qu'elle éprouvait pour lui compliquaient encore sa tâche. Comment supporter de côtoyer Ryan en sachant qu'il ne ressentait rien pour elle ?

D'autre part, comment tirer un trait sur lui quand les membres de sa propre famille s'obstinaient à les pousser l'un vers l'autre et que ses obligations de demoiselle d'honneur le forçaient à le fréquenter ?

Si seulement… Ryan n'était pas revenu à Riverbend.

Si seulement… il n'était pas garçon d'honneur au mariage de Kate.

Si seulement… elle se moquait de constater que tous les membres de son entourage étaient mariés, fiancés, ou sur le point de l'être.

Dans sa vie, personne ne se détachait du lot. Malgré ce qu'elle affirmait à Kate, elle se sentait seule et aspirait de toutes ses forces à une relation privilégiée.

Si seulement...

Elle appuya sur le bouton pause de la télécommande, coupant les radotages de Mia en pleine phrase. Elle secoua la tête, essayant de chasser Ryan de son esprit. Et soudain, elle entendit un léger bourdonnement.

Elle se leva et suivit la direction du bruit. Il s'intensifiait à mesure qu'elle approchait de la cuisine. Le temps que Zoe arrive devant la porte, l'horripilant bruit de scie atteignait un volume à faire grincer des dents.

Elle regarda à travers l'écran de la moustiquaire. Un individu qui se tenait sur la propriété voisine osait tronçonner des branches de *son* chêne ! Le chêne dans lequel elle trouvait refuge enfant. Le chêne où Ryan l'avait embrassée pour la première fois. Des dizaines de branches jonchaient déjà la pelouse mitoyenne.

Il lui fallut un moment pour reconnaître Ryan, torse nu, et vêtu d'un jean couvert de taches de peinture et déchiré aux genoux.

Le cœur de Zoe se mit à battre plus vite. Il était superbe, il n'y avait pas d'autre mot.

« Ne t'aventure pas sur ce chemin », lui souffla une petite voix.

— Occupe-toi de tes affaires ! rétorqua Zoe.

Soudain, l'arrêt du bruit de la scie la ramena sur terre. Elle recula de quelques pas, sans quitter Ryan du regard. Il confectionna des fagots des branches coupées et, en deux voyages, les transporta à l'arrière de la maison.

Elle ouvrit la porte et se pencha suffisamment pour le voir ranger la scie dans l'appentis et revenir avec une échelle et un sécateur.

Que projetait-il de faire dans la maison de sa jeunesse ? Dévorée par la curiosité, Zoe se glissa au-dehors et s'approcha subrepticement. Elle le vit mettre le sécateur dans sa poche arrière, caler l'échelle contre le treillage couvert de roses et y grimper.

Et tout à coup, elle remarqua que la pancarte « A vendre » avait été remplacée par une autre indiquant : « Vendue ».

Quand Ryan découvrit la pancarte « Vendue » devant sa maison, il ressentit la fierté du propriétaire, mâtinée, il fallait bien le reconnaître, d'une certaine angoisse.

Il avait eu la chance que les propriétaires déménagent dès le contrat de vente signé et acceptent qu'il procède à certains travaux avant la signature définitive.

Bien sûr, il n'y avait pas d'urgence à élaguer les arbres ni à tailler arbustes et rosiers. Cela aurait pu attendre. Seulement, Ryan était revenu de ces deux jours à Philadelphie avec deux objectifs : s'installer dans sa nouvelle demeure et faire la paix avec Zoe. Il avait tout son temps pour atteindre le premier ; pour le second, en revanche, il disposait de moins de quinze jours. Ce qu'il appelait secrètement « mission impossible ».

Il fronça les sourcils. Sa confrontation avec Zoe avait été un tel choc. Il n'était pas du tout préparé à la retrouver, menottes aux poignets, derrière des barreaux. Et il repensa à la façon dont il l'avait suivie de boutique en boutique, le samedi après-midi, sans se soucier de savoir s'il l'importunait ou pas. Il était mû par un violent désir de percer le mystère de son attrait pour tout ce qui touchait à Zoe Russell, voilà tout. Il ne s'agissait nullement d'implication sentimentale avec elle.

S'il savait seulement pourquoi elle hantait ses pensées, il trouverait une solution au problème. Mais il avait fallu qu'il soit convoqué à Philadelphie pour l'enquête concernant le meurtre de Sean juste à cette période.

Comme si ce n'était pas assez pénible d'avoir à subir ses cauchemars, il devait maintenant affronter le bureau des affaires intérieures du Département de police de Philadelphie qui souhaitait classer le dossier. Il avait argué, en vain, que Sean représentait davantage qu'un dossier.

Pire que ses cauchemars, il avait dû revivre la nuit où Sean avait été abattu devant des enquêteurs à l'expression de marbre. Sous le feu interminable des questions, il s'était senti jugé. On considérait qu'il avait mal agi en ne sauvant pas Sean. Et chaque fois qu'il se repassait le film des événements, Ryan se sentait mourir un peu plus.

Même s'il savait que cet interrogatoire faisait partie de la routine et qu'il serait très certainement lavé de toute accusation, il en ressortait avec une culpabilité accrue.

Et comme si ça ne suffisait pas, il devrait affronter le remords de rêver de Zoe Russell, nue sous lui dans son lit, toutes les nuits de la semaine suivante, si, du moins, il ne rôtissait pas en enfer avant.

Il ne restait plus qu'à espérer que leurs chemins ne se croiseraient pas aujourd'hui. Si le cas se présentait, il n'avait aucune idée de ce qu'il ferait. L'embrasser, l'étrangler ; les possibilités étaient multiples.

Il leva les yeux vers le treillage surchargé de roses et tenta de se souvenir de l'époque où ses parents étaient encore de ce monde et où sa mère indiquait à son père les branches à tailler pour maintenir ses rosiers en forme. Il était heureux alors ; l'avenir ne le concernait pas.

Ce n'était pas le cas aujourd'hui. Le chaos régnait dans sa vie privée comme dans sa vie professionnelle. Tout en sachant que c'était la seule attitude raisonnable, il lui devenait de plus en plus difficile de garder ses distances avec Zoe. En réalité, il savait pourquoi. C'était la seule personne susceptible de l'aider à voir la forêt au-delà des arbres. Ou la beauté des roses dans un fouillis de branchages et d'épines.

Il grimpa à l'échelle, sortit le sécateur de sa poche et entreprit de couper les roses fanées et les sarments de vigne entremêlés aux branches du rosier.

— Aïe !

En reconnaissant la voix de Zoe, il baissa les yeux, avec une vague irritation, et la découvrit avec des branches épineuses prises dans ses cheveux roux. Elle portait un short blanc et un T-shirt dont le vert s'accordait à la couleur de ses yeux. Quand elle s'aperçut qu'il l'avait repérée, son joli visage prit un air amusé qui fit battre son cœur. Et pour la centième fois, il se demanda ce qui, chez elle, éveillait ses instincts de protection, son agacement et le troublait tout à la fois.

Il descendit de l'échelle et passa un T-shirt bleu avant d'aider Zoe à débarrasser ses cheveux des épines restantes. Elle lui saisit le poignet et leurs regards se croisèrent.

Celui de Zoe s'emplit alors d'une confusion avec laquelle il sympathisait complètement. Il s'écarta, se dirigea vers le porche et, s'accotant à l'un des piliers, l'observa avec méfiance tout en tirant un cigare de sa poche. Sa main tremblait quand il l'alluma, ce qui n'échappa pas à Zoe, à en juger par lueur égayée de son regard. Elle l'ébranlait, le déstabilisait ; et il détestait cette sensation.

— Ça prendra du temps mais je rendrai à ce jardin son aspect d'antan.

— La police de Riverbend paie-t-elle si peu pour que tu doives travailler au noir ?

Il haussa les épaules.

— La famille qui vivait ici a déménagé pour Cleveland.

Zoe s'approcha à pas lents.

— J'ai remarqué la pancarte et je me demandais bien qui avait acheté...

Elle marqua une pause puis le regarda droit dans les yeux.

— Fumer tue !

— Peut-être, mais j'aime ça.

Il aspira voluptueusement une bouffée aromatique et souffla la fumée en cercles concentriques.

— Le nouveau propriétaire, c'est moi.

Il vit avec plaisir la stupéfaction se peindre sur son visage.

— Je croyais que ton séjour à Riverbend était... était...

Elle cherchait ses mots et cela lui plut aussi.

— Temporaire..., c'est ça ?

Il exhala ostensiblement un nouveau nuage de fumée.

— Je retournerai à Philadelphie... bientôt. Mais quand j'ai appris que la maison était à vendre, j'y ai vu un signe du destin. Je l'ai quittée sur un coup de tête, à la mort de mes parents. Je ne pouvais pas la laisser une seconde fois entre des mains étrangères. Donc, tant que je vivrai à Riverbend, je vivrai ici.

Il s'avisa tout à coup que Zoe paraissait fatiguée et éprouva le désir de la réconforter. Il s'en abstint toutefois. Il était certainement la dernière personne dont elle souhaitait la sollicitude.

— C'est une nouvelle journée, une nouvelle journée de travail, dit-elle, un peu trop gaiement.

— Une rude journée.

— Ces derniers temps, il y a eu beaucoup de rudes journées, murmura-t-elle avec amertume.

— Je croyais que tu aimais ton travail.

— Je l'aime. Enfin, la plupart du temps. Certains matins, quand je me fraye à coup de coudes un passage dans la cohue du métro, je pense à ce qu'aurait été ma vie si j'étais restée à Riverbend, mariée à Jake, comme j'avais menacé de le faire, et occupée à élever des têtards. Tu te souviens ?

Elle s'approcha, assez près pour enfoncer son index dans sa poitrine.

— Le lendemain du jour où Jake a fourré un têtard dans mon maillot de bain, j'ai plongé dans l'étang pour en ramener deux et j'ai raconté partout que c'était ma nouvelle famille !

Elle se mit à rire et, très vite, sa gaieté se transforma en fou rire. Elle se laissa tomber sur les marches, prise d'une quinte de toux, et il dut glisser un bras autour de ses épaules pour l'empêcher de glisser sur la pelouse fraîchement tondue.

— Et tu as prétendu que c'étaient des mâles et qu'ils deviendraient des crapauds ! Et Kate a dit que si j'en embrassais un, il se métamorphoserait en prince charmant et...

Elle retrouva brusquement sa gaieté envolée.

— Quel souvenir idiot...

— Je ne trouve pas.

Depuis quelques minutes, il luttait contre l'envie de l'embrasser. Elle n'avait sûrement aucune idée de son pouvoir. Elle ignorait que d'un regard, elle pouvait allumer son désir. Des images d'eux, nus et se caressant dans un grand lit, surgissaient dans son esprit. A moins qu'il ne fuie très vite, il allait succomber au désir de l'embrasser.

Et peut-être davantage. Et ce serait la plus grosse erreur de cette rude journée.

Il devait penser à sa situation, à l'enquête de Philadelphie. Il n'avait rien à offrir à une femme, surtout à une femme comme Zoe, qui méritait un homme totalement investi. Mais il avait perdu trop d'êtres chers pour être encore capable d'ouvrir son cœur. Il désirait Zoe, mais il ne ferait aucun geste, sachant qu'à tout moment le destin pouvait frapper.

— Je ne sais pas depuis combien de temps je n'ai pas ri comme ça, dit Zoe.

Elle se leva et s'adossa à la balustrade.

— Ça fait du bien.

— Oui. Tu ne peux pas savoir avec quelle impatience j'attendais de me retrouver ici, avec maman et Kate.

Ryan se détendit. Bien sûr, elle était seulement de passage à Riverbend. Avec soulagement, il sentit s'évanouir son envie de la prendre dans ses bras.

Zoe exhala à son tour une longue bouffée d'air. Ce courant électrique qui passait entre eux dès qu'ils se retrouvaient ensemble commençait à se dissiper.

L'idée de flirter avec lui pour lui faire entrevoir la femme qu'elle était devenue lui effleura l'esprit mais elle la repoussa. Elle se sentait trop vulnérable. Un rien lui ferait perdre la tête et elle regagnerait New York le cœur brisé.

Elle regarda la rue, si familière. Peu de choses avaient changé et en même temps, rien n'était comme avant. Les maisons avaient vieilli. Certaines étaient passablement délabrées ; d'autres arboraient des volets flambant neufs ou des peintures fraîches. Les arbres paraissaient plus gros, plus grands. De nouveaux voisins s'étaient installés en face. Et surtout, elle n'avait plus dix-huit ans.

Quel que soit son désir de retourner dix ans en arrière, c'était impossible. Elle ne pouvait qu'aller de l'avant et démêler ses sentiments contradictoires vis-à-vis de Ryan. C'était la seule attitude possible. Et puis, dans moins de quinze jours, elle serait de retour à Manhattan et reprendrait le cours de sa vie. Celle qu'elle avait toujours rêvé de mener.

Ce n'était pas Ryan qui lui faisait peur mais ses propres sentiments. Le provoquer était une chose, mais elle ne pouvait pas le laisser s'immiscer dans son existence et anéantir ce qu'elle avait réalisé, sur les plans à la fois privé et professionnel, depuis dix ans.

Parce que s'ils renouaient leur amitié ou si celle-ci se transformait en un sentiment plus tendre, elle ne survivrait pas à une nouvelle séparation. Or, celle-ci était inévitable, même s'il avait racheté la maison familiale.

Car comment imaginer Ryan O'Connor, l'homme qui aimait tant son dangereux métier, heureux à Riverbend ? De toute façon, elle n'envisageait pas elle-même de revenir s'y installer.

La question jaillit impulsivement de ses lèvres.

— J'aimerais savoir, Ryan, non pas pourquoi tu as quitté Philadelphie, cela, tu me l'expliqueras en temps voulu, mais pourquoi tu es revenu à Riverbend.

— C'était la première option d'une liste passablement réduite...

Elle attendit vainement qu'il poursuive.

— Merci d'avoir éclairé ma lanterne, dit-elle avec une feinte gaieté.

— Tout le plaisir est pour moi, riposta-t-il sèchement. Que dirais-tu d'un verre du thé glacé de ta mère ?

Sans attendre sa réponse, il traversa le jardin, ouvrit la porte de la cuisine et disparut à l'intérieur de la maison de Kate, ne laissant à Zoe d'autre choix que de le suivre.

Sauf qu'il n'était pas dans la cuisine mais dans la salle de séjour, la télécommande à la main. Sans scrupule, il rembobina la bande et appuya sur « play ». Elle l'observa tandis qu'il regardait attentivement son émission avant de se tourner vers elle avec une expression surprise.

— Eh bien, bravo !

— Ce n'est qu'une ébauche.

Zoe se sentait sur la défensive et détestait ça. Pourquoi se sentait-elle tenue de se justifier auprès de Ryan ?

— Ne te laisse pas abattre. Tu es payée — très bien payée, paraît-il — pour faire un métier que tu aimes. Tout le monde n'a pas cette chance.

— Je me moque bien de l'argent et de la gloire !

— J'en suis convaincu !

— Réaliser une chronique télévisée est un vrai labeur ! J'ai passé…

Elle s'interrompit et le regarda se diriger vers la cheminée et fixer l'horloge posée sur le manteau.

— Que fais-tu ?

— J'essaie de calculer combien de minutes se sont écoulées sans que nous nous chamaillions.

Comme elle le dévisageait, il lui rendit son regard sans ciller.

— Et ce thé ? lui rappela-t-il enfin.

Zoe se hâta vers la cuisine. Plus vite il boirait son thé, plus vite il déguerpirait. Tandis qu'elle en remplissait un verre, elle sentit une pression sur ses épaules. Puis son dos entra en contact avec le corps de Ryan. Sans réfléchir, elle se retourna et lui lança le contenu du verre au visage.

Elle regarda son T-shirt tout éclaboussé puis leurs regards se rivèrent l'un à l'autre. Comme elle, il se rappelait l'épisode des bulles de savon. Du bout du doigt, elle suivit le contour d'une tache et sentit l'air se charger d'électricité.

— Zoe…

La voix de Ryan se brisa.

Il souligna le contour de sa joue. Quand il laissa retomber sa main, du regard, Zoe l'implora de continuer. Il caressa alors doucement ses yeux, ses pommettes, ses lèvres pleines, puis il prit son visage entre ses mains.

Ryan aurait pu avancer mille raisons de ne pas embrasser Zoe et une seule de le faire. Il y avait longtemps de ça, il avait profondément tenu à elle. Et quoi que l'avenir lui réserve, une chose était sûre, il devait se réconcilier avec elle pour guérir.

Il scruta son visage, gravant chacun de ses traits dans son souvenir. Et sourit parce qu'elle l'imitait, timidement d'abord, puis avec plus de hardiesse. Soudain impatient, il l'attira à lui.

Zoe ferma les yeux et attendit qu'il l'embrasse. Le souvenir de leur premier baiser lui revint à la mémoire. Elle avait alors seize ans ; ce baiser était censé sceller une longue amitié. Que signifiait celui-ci pour Ryan ? Etait-ce un baiser d'amitié ou la promesse de davantage ? Zoe frissonna à cette idée. Et puis les lèvres de Ryan effleurèrent les siennes. Sa main, au creux de ses reins, la serra contre lui et son baiser se fit insistant. Pressée contre sa poitrine, elle sentait les battements de son cœur affolé répondre aux siens.

Elle s'abandonna enfin aux lèvres exigeantes de Ryan et son trouble grandit. Et brusquement, il s'écarta.

Ouvrant les yeux, Zoe vit qu'il la dévisageait avec circonspection.

— Ce n'était qu'un baiser, murmura-t-elle.

— Juste un baiser.

Sur ces mots, il l'attira contre lui et recommença à l'embrasser.

5.

Le désir couvait comme un incendie de forêt prêt à éclater. Zoe se serait peut-être détournée de Ryan si elle n'avait senti ses mains dans son dos, qui l'étreignaient doucement, comme avant.

La chaleur se propageait, l'excitant si fort qu'elle croyait sentir danser chaque molécule de son corps. Elle voulait davantage... elle voulait quelque chose qu'elle ne savait définir mais qui, elle le sentait, était vital.

C'était comme une promesse, que seul Ryan pouvait tenir. Toute pensée rationnelle s'envola. On aurait dit qu'elle avait attendu ce baiser toute sa vie.

— J'ai besoin de te toucher, murmura Ryan.

Il la serra, très fort et ses mains remontèrent le long de son dos, enveloppèrent sa nuque, son visage, puis redescendirent jusqu'à ses seins.

Elle soupira, ferma les yeux en posant sa main sur la sienne. Durant un moment, elle sentit son cœur battre sous leurs mains. Elle n'entendait ni son de cloches, ni musique céleste, ni alléluia scandant sa certitude qu'il n'y avait que lui. Et pourtant, ces mots résonnaient dans son cœur.

Zoe le regardait, se demandant quel serait son prochain geste, ce qu'il dirait, ou ne dirait pas. Elle ne se détendit que lorsqu'il sourit, de ce sourire encadré par ses adorables fossettes. Mais il fit courir son doigt de son front à son nez et il s'en fallut de peu pour qu'elle ne se liquéfie à ses pieds.

— Que se passe-t-il ? demanda-t-elle d'une voix incertaine.

Pour toute réponse, Ryan se remit à l'embrasser.

Zoe détestait l'inaction. Ce fut pourquoi le vendredi matin elle se rendit au grenier avec l'intention de ranger les trésors de son enfance, échoués là après son départ de Riverbend. A son crédit, Kate les avait soigneusement entassés dans des cartons et rangés dans un coin.

Zoe tira un tabouret près de la fenêtre et attaqua le premier carton. En entendant sa sœur, au rez-de-chaussée, parler au téléphone d'une voix anormalement aiguë, elle se félicita d'être ici plutôt que de courir les magasins avec Kate.

Ou de repenser aux baisers de Ryan.

Elle en chassa l'idée pour penser à son émission, entièrement revue et prête à être diffusée le vendredi suivant. Cependant, Ryan revint s'imposer à son esprit. Elle l'avait vu plusieurs fois depuis mardi. Ils s'étaient parlé naturellement, sans allusion à ce qui s'était passé ou à une possibilité de se revoir autrement que pour les événements liés au mariage.

Zoe se força à s'intéresser au contenu du carton : une poupée, une petite boîte recouverte de tissu brodé contenant des produits de maquillage et un corsage jauni, probablement porté à un bal de l'école.

Puis elle dénicha son journal. Elle survola les premières pages pour arriver au passage où elle racontait le premier baiser de Ryan.

— « Il m'a embrassée, lut-elle. Sur le front ! Puis ses lèvres ont glissé et touché les miennes. J'en ai eu la chair de poule. Elles étaient comme du caoutchouc… pas du tout ce qu'on décrit dans les romans d'amour. »

Elle ne souvenait pas avoir écrit ces mots… Il n'y avait pourtant rien de caoutchouteux dans la façon dont Ryan embrassait maintenant. Ses baisers l'affolaient, la laissait tremblante, insatisfaite… Elle secoua la tête. Cela ne devait pas se reproduire.

« Pourquoi pas ? fit la familière petite voix. Vous êtes libres, adultes, responsables. Qu'y aurait-il de mal à vivre l'instant présent ? »

— Il y a que ces instants s'additionnent et finissent par coûter très cher, murmura Zoe.

Elle sauta quelques pages pour retrouver ce qu'elle avait écrit, à grandes lettres hachées, quelques jours avant la soirée de remise des diplômes.

— « Papa et maman se sont encore disputés. C'était pire que tout. Maman est en pleurs. Malgré mes efforts, je n'arrive pas à me raisonner. Je n'ai pas vu Ryan depuis des jours. Je n'ai personne à qui parler. Je me sens si seule. »

— Je me sens si seule, répéta Zoe dans un souffle.

Cette époque avait été très pénible pour elle. Elle avait dû affronter coup sur coup la séparation de ses parents, le départ de son père et la découverte de celui de Ryan et Kate. Elle n'avait personne avec qui partager son chagrin puisque la seule personne sur laquelle elle pensait pouvoir toujours compter l'avait abandonnée.

— Zoe ! appela Kate. Je dois te parler !

— Je suis au grenier !

En entendant le bruit des pas de sa sœur dans l'escalier, Zoe rangea prestement son journal dans le carton. Quelques secondes plus tard, Kate apparaissait dans l'encadrement de la porte.

— Il faut que j'aille au magasin, annonça-t-elle. Il y a un problème.

Elle regarda distraitement autour d'elle et enleva une toile d'araignée qui s'était prise dans ses cheveux.

— Que fais-tu là ?

Avant que Zoe puisse répondre, elle reprit :

— Je ne peux pas aller à Cincinnati.

Zoe eut un sursaut de joie. Pas de courses !

— Quel dommage.

— Tu voudras bien échanger mes cadeaux, n'est-ce pas ?

Comme Kate agitait des clés sous le nez de Zoe, celle-ci se dit qu'après tout, une promenade dans une décapotable rouge, flambant neuve, lui changerait peut-être les idées.

— Je parie que je pourrais persuader maman de me retrouver au magasin, dit-elle. Ça me fera l'occasion de la cuisiner sur son mystérieux soupirant.

Kate éclata de rire.

— C'est sûrement le secret le mieux gardé de tout l'Ohio ! A propos, qu'y a-t-il entre Ryan et toi ? Et ne réponds pas « rien ». J'ai surpris les regards que vous vous jetez quand vous croyez n'être pas observés.

— Je t'ai déjà priée cent fois de ne pas te mêler de mes affaires ! Et je sais que ça énerve aussi Ryan. Il m'a dit qu'il t'en avait touché deux mots.

— C'est vrai, mais si tu crois que je l'écoute ! Alors, est-ce que ça marche ?

Kate s'empara d'un tabouret et s'assit près de sa sœur.

— Allez, raconte ! Nous n'avons jamais eu de secrets l'une pour l'autre.

Devant le sourire malicieux de Kate, Zoe, qui se souvenait du secret non partagé de son départ avec Ryan, eut envie de la gifler.

— Nous nous sommes embrassés. Point final...

Zoe ajouta d'un ton plein d'emphase :

— Il vaut mieux pour toi que tu ne saches pas.

Comme prévu, Kate éclata de rire.

Il n'était pas bon, songeait Zoe en suivant Kate au rez-de-chaussée, de partager certains secrets avec une sœur qui avait été mariée, quoique brièvement, avec l'élu de son cœur.

Quand, après un dernier coup d'œil au miroir, Zoe saisit son sac et dévala les marches du porche, elle fut surprise de découvrir Ryan, nonchalamment adossé à la rampe. Il était vêtu d'un jean délavé et d'un T-shirt et avait jeté une veste de cuir fauve sur son épaule. Ses cheveux blonds étaient tout ébouriffés ; il souriait.

Encore une fois, elle fut partagée entre l'envie de l'embrasser et celle de l'envoyer au diable.

Elle leva un sourcil.

— Il y a pénurie de criminels, aujourd'hui ?

Le sourire de Ryan s'élargit.

— Je suis de garde de nuit.

— Ça ne m'explique pas ce que tu fais là.

— Je t'accompagne à Cincinnati.

— *Moi*, je vais à Cincinnati. *Toi*, tu vas ailleurs...

— Je te présente ton nouveau chauffeur.

Il haussa les épaules.

— D'accord, tu sais conduire. Mais quand Kate a appelé...

Sa voix s'éteignit.

— Ecoute, reprit-il un peu trop énergiquement, j'ai pensé que ce serait une occasion de parler. Il faut que nous parlions. De nous. De nos baisers…

Kate avait osé ! En même temps Ryan avait raison. Elle avait passé la matinée entière, non, la semaine entière, à analyser ses sentiments pour lui et ne trouvait aucune réponse satisfaisante, sauf peut-être une vague nostalgie de ce qui avait été. Ce n'était pas assez pour décider d'un changement radical de vie. Ou d'un changement radical d'opinion sur lui.

Ce n'était pas parce qu'ils avaient échangé des baisers passionnés que Ryan était revenu sur son refus de tout engagement. En même temps, elle n'arrivait pas à croire que celui qui l'avait embrassée avec tant de fièvre n'éprouvait rien pour elle.

Et si ce n'était que cela, elle devait à Ryan, et à elle-même, de chercher à savoir s'ils pourraient redevenir amis.

Elle lui lança les clés de la voiture.

— D'accord ! Tu porteras les gros paquets et tu m'inviteras à déjeuner.

Bien qu'il ait lui-même souligné la nécessité de parler, Ryan ne savait par où commencer ; si bien qu'une bonne partie du trajet pour Cincinnati se déroula dans le silence.

Visiblement mal à l'aise, Zoe se mit à chercher sur la radio une station diffusant de la musique mais elle ne tomba que sur du hard-rock et des parasites.

Avec un soupir, Ryan écarta sa main et éteignit la radio. Parfois, songea-t-il, la diversion était le meilleur moyen de calmer la méfiance des suspects. La tactique marcherait peut-être avec Zoe.

— Tu ne penses jamais à ce que tu feras d'ici cinq ans ?

Elle appuya sa tête contre le dossier de son siège et leva les yeux au ciel.

— Je ne sais déjà pas ce que je ferai la semaine prochaine !

— ... ou à ce que tu pourrais regretter ?

— Je n'ai pas envie de jouer à « cartes sur table ».

— Veux-tu écouter ce que j'ai à te dire ?

Comme elle inclinait brièvement la tête, il se jeta à l'eau.

— Il y a environ six mois, commença-t-il, Sean, mon coéquipier... est mort.

— Oh ! Ryan. Je suis désolée.

— C'était mon meilleur ami, mon frère. La seule personne depuis toi dont j'étais vraiment proche...

— Que s'est-il passé ?

— Il a été assassiné... par ma faute.

— Ça, je ne peux pas le croire !

— Je n'ai pas appuyé sur la gâchette, mais c'est tout comme. Je l'ai laissé tomber.

Les mains de Ryan se crispèrent sur le volant. C'était malgré tout un soulagement de parler. Zoe le connaissait suffisamment pour ne lui offrir ni compassion, ni platitudes, ce qu'il détestait.

Il quitta l'autoroute et le temps qu'il gare la voiture sur le parking du centre commercial, il lui avait raconté l'enquête qu'ils menaient sur un trafic de drogue, le penchant de Sean pour la restauration rapide et les filles faciles. Et le coup de téléphone manqué.

— Nous étions de repos, expliqua-t-il. Je suis passé au commissariat, espérant y trouver Sean pour faire une partie de billard. Comme il n'y était pas, je me suis mis à flirter avec la serveuse. Enfin, à la taquiner gentiment, corrigea-t-il hâtivement. C'était l'ancienne petite amie de Sean. Ce n'est qu'après quelques bières que je me suis aperçu que mon récepteur d'appel était éteint. Son message était bref. L'action était enclenchée, on ne pouvait plus différer. Je n'ai retrouvé sa trace qu'après minuit, dans un des quartiers les plus mal famés de Philadelphie. Sean et un type se tenaient à l'extrémité d'une allée mal éclairée. J'entendais des éclats de voix sans comprendre le sens de leurs paroles.

Ryan marqua une pause avant de reprendre :

— J'avais peut-être fait deux pas quand j'ai ressenti une intolérable brûlure au côté. J'ai dû crier le nom de Sean car il s'est retourné. L'instant d'après, il était à terre, une balle dans le dos. Paralysé.

Zoe serra la main de Ryan.

— Tu as été touché ?

— Ce n'était qu'une égratignure, mais atrocement douloureuse.

Il déglutit. Le plus dur était à venir. Il se détourna, craignant sa réaction.

— J'ai eu le salaud qui a abattu Sean mais pas avant qu'il ne s'acharne à tirer sur lui.

— Je comprends que tu t'en veuilles, murmura Zoe.

Elle lui prit le menton et attira son visage vers elle.

— Mais tu n'es pas responsable. Sean a choisi d'agir seul tout en sachant le risque qu'il prenait, et te faisait prendre.

Ryan se frotta le visage.

— Si tu m'avais interrogé voici six mois sur mes projets pour les cinq années à venir, je t'aurai répondu que je comptais bien jouer encore au billard avec mon ami, flirter avec ses petites amies et continuer à porter l'insigne de la police de Philadelphie.

— Tu as des regrets ?

— Beaucoup. J'aurais tellement voulu sauver Sean…

Le pouls de Zoe s'accéléra quand il lui prit la main, en embrassa la paume et la posa sur son cœur.

— … et je regrette de ne pas avoir été présent pour toi.

Elle appuya son front sur le sien. Les épreuves traversées l'avaient gravement affecté, et il semblait que le remords accapare le meilleur de lui-même.

— Je suis heureuse que tu m'aies parlé de Sean.

— Il y a autre chose…

Il se massa le menton.

— Je n'aurais pas dû t'embrasser.

— Pourquoi ?

— Parce que je voudrais que les choses redeviennent comme avant entre nous ! Notre amitié compte tellement pour moi…

— Même les amis grandissent et évoluent. Rien n'est immuable dans la vie.

Elle soupira. Juste quand elle pensait qu'ils progressaient, il lui lançait ces inepties.

— Zoe, gémit-il, j'essaie de me montrer grand, noble, généreux !

— Et si tu te montrais tout simplement honnête ?

Zoe avait voulu renouer avec Ryan mais, pour l'instant, elle n'avait plus qu'une envie : lui flanquer un bon coup de poing. Au lieu de ça, elle prit les paquets sur le siège arrière et les lui jeta sans ménagement dans les bras.

— Je croyais que les cadeaux s'échangeaient *après* le mariage, fit remarquer Ryan tandis qu'ils empruntaient

78

l'escalier mécanique pour gagner le rayon consacré au mariage.

Si Zoe compatissait aux épreuves endurées par Ryan, à cet instant précis, ce qui la contrariait le plus, c'était ses changements d'humeur.

Il la désirait. Il ne la désirait plus. Il l'avait embrassée mais il n'aurait pas dû. Et elle en déduisait qu'il avait beaucoup changé en dix ans et que, au fond, elle ne le connaissait plus.

Enfin, il était inutile de songer à ça. Pour le moment, il s'agissait de renouer les fils d'une amitié perdue.

— Kate et Alec disposant de tout le nécessaire chacun de leur côté, ils n'avaient pas vraiment besoin d'un troisième grille-pain ou d'une nouvelle cafetière. Mais qu'en est-il des couples qui commencent leur vie ensemble ? Ou de ceux qui se sont mariés, ont divorcé, ou sont veufs, et qui reconstruisent une existence ? Ce serait drôle de savoir ce que deviennent ces cadeaux. En tout cas, ça ferait un bon sujet pour *Wake Up, America*.

Il la considéra avec curiosité.

— Tu n'arrêtes jamais de penser à ton travail ?

— Je n'ai pas intérêt si je veux garder ma place.

— C'est si important pour toi ?

— Pour le moment, oui.

Le rayon était en pleine effervescence. Constatant qu'une estrade et des rangées de chaises avaient été installées au beau milieu de la salle, Zoe tira Ryan par la manche pour l'entraîner dans un coin.

— Que se passe-t-il ? demanda Ryan, l'air ahuri.

— C'est une présentation de robes de mariées, lui expliqua-t-elle à l'oreille.

Elle lui désigna les femmes qui se pressaient autour de l'estrade.

— Tu es le seul homme de cette assemblée !

Il leva les bras avec une feinte épouvante.

— Je file ! Retrouve-moi dans dix minutes à la cafétéria.

— Poule mouillée ! lui murmura Zoe.

Ryan s'immobilisa puis, d'un air de défi, s'adossa au mur, les bras négligemment croisés.

— Je te ferai ravaler ces paroles.

Une animatrice, dont le badge précisait qu'elle s'appelait Vera, tapa dans ses mains.

— Il est temps de prendre vos places ! annonça-t-elle.

Elle monta sur l'estrade et s'empara d'un micro qu'elle tapota de ses doigts aux ongles soigneusement manucurés. Le crissement fit frémir Zoe. Du regard, elle englobait la scène, se demandant quel effet un enregistrement produirait. A ce moment, une toute jeune vendeuse s'approcha d'elle.

— Vous n'avez pas de billet de tombola ! s'exclamat-elle, d'un ton plein de désarroi.

Et elle tendit à Zoe un ticket avant de disparaître derrière l'estrade.

Durant un bon quart d'heure, Vera commenta le défilé de mode en des termes qui firent venir l'eau à la bouche de Zoe. Enthousiaste, le public applaudissait.

— Et maintenant, annonça Vera, le tirage de notre tombola spéciale ! Nous ne sommes que quatre magasins dans tout le pays à offrir un aussi magnifique prix !

Elle plongea la main dans un panier et en tira un ticket.

— Le numéro B 3628 a gagné un voyage tous frais payés à New York où l'équipe de *Wake Up, America,* l'aidera à organiser un mariage mémorable !

Des murmures s'élevèrent de la foule mais personne ne s'avança pour réclamer son prix.

— Mais c'est vous ! fit la voix stridente de la jeune vendeuse qui s'était glissée auprès de Zoe.

Elle lui prit le ticket des mains et l'agita en direction de Vera.

Zoe pâlit tandis que les regards se tournaient vers elle.

6.

Ryan comprit instantanément la situation. Zoe demeurait immobile.

— Quelle histoire, murmura-t-elle. Comment vais-je expliquer ça à ma productrice ?

Ryan saisit le ticket des mains de la jeune vendeuse et se dirigea vers l'estrade. Zoe n'apprécierait certainement pas son intervention mais il était dans sa nature de prendre les choses en main. De plus, le silence dans la salle devenait insupportable.

— Un instant, je vous prie, dit-il dans le micro.

Il attira Vera à l'écart.

— Savez-vous qui est cette jeune femme ? demanda-t-il en désignant Zoe.

— Notre gagnante ?

— C'est Zoe Russell, de *Wake Up, America*. Vous voyez le problème ?

— Il me semble, oui.

— Pour rattraper la situation, je vous suggère de l'inviter à vous aider à choisir la vraie gagnante…

Vera prit le micro, s'excusa du contretemps puis, après s'être entretenue avec une assistante, adressa à Ryan un bref signe de tête.

Il rejoignit Zoe, passa un bras affectueux autour de ses épaules, et fut récompensé de son geste par son abandon contre lui.

— Tu sais ce qu'il te reste à faire ? lui souffla-t-il à l'oreille.

— Envoyer des curriculum vitæ à toutes les chaînes du pays, répondit-elle pour plaisanter. Je n'ose imaginer les gros titres des tabloïds de demain. Personne ne va rien y comprendre !

— Il faut tirer parti de la situation.

Il la poussa doucement vers l'estrade.

— Va et fais comme si ton intervention était prévue.

Zoe s'avança vers Vera, échangea avec elle quelques mots qui parurent la rassurer puis se tourna vers le public avec un grand sourire.

Comment avait-elle pu oublier cette campagne promotionnelle à l'échelon national à laquelle participait *Wake Up, America* ? Oh ! c'était bien simple. Entre le stress de sa nouvelle émission, les préparatifs du mariage de Kate et ses retrouvailles avec Ryan, elle avait perdu la tête.

Zoe prit une profonde inspiration et lança un regard en direction de Ryan qui lui sourit et leva les pouces en signe de victoire.

C'était bon d'avoir son soutien.

— Bonjour ! Me reconnaissez-vous ? Je suis Zoe Russell, la chroniqueuse de *Wake Up, America*.

Les applaudissements qui jaillirent la réconfortèrent malgré leur petit nombre.

— Est-ce que vous regardez *Wake Up, America* ? demanda-t-elle à une jeune femme blonde assise au premier rang. Parfait, ajouta-t-elle comme l'intéressée acquiesçait de la tête.

— Je suppose que certains trouvent drôle qu'une femme comme moi, qui a bâti sa carrière sur le célibat, gagne le mariage de sa vie...

Des applaudissements retentirent, plus nourris que la première fois.

— En réalité, je n'ai rien contre le mariage. Ma sœur se marie la semaine prochaine, et je suis sa demoiselle d'honneur. C'est la troisième fois cette année que je marche vers l'autel, quelques pas devant la mariée !

Cette fois, ce fut un tollé d'applaudissements.

Zoe prit un ticket dans la corbeille que lui tendait Vera.

— La gagnante du mémorable mariage est, avec l'aimable contribution de *Wake Up, America*... le numéro C56017 !

Une jeune femme se leva en criant :

— C'est moi !

Et elle se dirigea en hâte vers l'estrade. Zoe dut supporter cinq bonnes minutes d'embrassades avant de pouvoir offrir ses félicitations à l'heureuse gagnante ainsi que la promesse de la rencontrer quand elle viendrait à Manhattan.

Après quoi, elle se hâta de quitter l'estrade, priant pour qu'aucun cameraman amateur n'ait filmé le début de sa prestation.

— Je ne suis pas près d'oublier ça ! s'exclama Zoe en attendant que Ryan lui ouvre sa portière.

Elle l'embrassa sur la joue avant de se glisser sur le siège du passager.

— Merci de m'avoir sauvée ! Sans toi, je me serais enfuie en hurlant !

— Ce n'aurait pas été très malin, fit observer Ryan en prenant place derrière le volant.

— Je suis heureuse que tu me sois venu en aide. Je n'en ai pas l'habitude.

Ryan la dévisagea.

— Peux-tu répéter ce que tu viens de dire ?

— Je te trouve admirable.

— C'est un compliment, si je ne me trompe ?

Ryan démarra, le sourire aux lèvres.

— Alors comme ça, tu m'admires ? Est-ce que ça veut dire que c'est toi qui invites ?

Son sourire était communicatif, la journée d'automne magnifique et, pour la première fois depuis une éternité, Zoé se sentait détendue.

— Ce qui est dit est dit !

Il lui adressa un clin d'œil.

— Puisque tu m'admires, viendras-tu me voir jouer au base-ball demain ?

— Oui, dit-elle avec cœur.

Et, avec un sourire, elle se rendit compte que, non seulement elle admirait Ryan, mais qu'elle réapprenait à lui faire confiance.

Zoe n'avait pas très envie d'ébruiter sa mésaventure. Et pourtant, elle ne fut pas surprise que tous ceux qu'elle croisa le lendemain après-midi, sur le terrain de base-ball du lycée, soient déjà au courant.

— Le moulin à ragots de Riverbend fonctionne toujours aussi bien, se plaignit-elle à Kate.

Elle prit une des poignées de la glacière et suivit sa sœur vers les gradins supérieurs. Le vent y soufflait un peu plus fort mais on y bénéficiait d'une vue spectaculaire.

— C'est drôle, dit Zoe. Maman n'a pas téléphoné. Depuis plus d'une semaine, elle n'est jamais chez elle et ne répond pas aux messages.

— Je suis sûre qu'elle t'avertirait si elle avait une vie privée, dit Kate en remontant sur sa tête ses lunettes de soleil.

Zoe s'assit et prit un soda dans la glacière.

— Elle pourrait la partager un peu avec nous ! Et tu pourrais daigner m'informer de ce qui se passe.

— Le silence est d'or…

D'une main, Zoe s'abrita les yeux pour mieux distinguer Ryan. Il s'était dirigé vers le banc de touche de son équipe et se tenait les bras croisés, sa casquette de base-ball enfoncée sur son front.

— Il ne te quitte pas des yeux, murmura Kate.

Zoe le regarda se diriger vers la butte du lanceur. Quand il se retourna, elle distingua le nombre dix-sept imprimé sur son T-shirt blanc. Un bel homme sans aucun doute ; un homme que plus d'une femme aimerait.

Il ne faut pas penser à ça ! se morigéna Zoe. Elle se tourna vers Kate.

— Tu perds ton temps avec nous, déclara-t-elle. En revanche, je crois que nous allons redevenir amis.

— Mais naturellement ! fit Kate avec un sourire moqueur. Ah ! Voilà Alec.

Il avait rejoint Ryan. Quand Kate cria le nom de son fiancé, les deux hommes levèrent la tête. En réponse, Alec agita la main mais Ryan traversa le terrain en courant et escalada les gradins pour les rejoindre.

Parvenu devant Zoe, il repoussa sa casquette en arrière et fixa sur elle le regard plein de gaieté de ses yeux bleus. Puis il se fit une place entre Kate et elle.

— Content de te voir, dit-il à Zoe.

Il se tourna vers Kate.

— Toi aussi, bien sûr.

— Bien sûr, répéta Kate. Dois-je débarrasser le plancher pour vous laisser en tête à tête ?

Sans attendre de réponse, elle se dirigea vers l'escalier.

— Je suis content que tu sois là, répéta Ryan.

Il repoussa une mèche de cheveux derrière l'oreille de Zoe et ses doigts s'attardèrent sur sa joue.

Cette caresse laissa Zoe sans voix. Ils étaient amis, juste amis, se rappela-t-elle.

— Je ne pensais pas qu'il y aurait tant de monde.

Elle se recula pour éviter de sentir son corps contre le sien.

— C'est qu'il existe une vieille rivalité entre policiers et enseignants ! Alec lance pour eux.

Elle passa son doigt sur la cicatrice de son menton et sourit.

— Un souvenir de la dernière fois où je t'ai vu lancer.

— Oui, répondit-il, sérieux. Mais du moins, cette fois, tu n'es pas sur le terrain !

Il déposa un baiser léger sur son front.

— Pour ne pas oublier où j'en suis...

Et, avec un clin d'œil, il regagna le terrain en courant.

Machinalement, les doigts de Zoe se portèrent à l'endroit où les lèvres de Ryan avaient effleuré sa peau. Il arrivait à merveille à lui faire perdre ses moyens et s'en amusait. Que préparait-il ? Elle essaya sans succès de ne pas attacher trop d'importance à la réflexion de Kate sur le fait qu'il ne la quittait pas des yeux.

Deux matchs se jouaient cet après-midi-là, pensait Zoe. Un match sportif sur le terrain, et un match de séduction à l'extérieur. Selon Zoe, il n'existait pas de règle pour ce dernier…

— C'était une sage décision de ta part de choisir d'entrer dans la police plutôt qu'une carrière de sportif professionnel, déclara Zoe tout en étalant une couverture sous un érable proche du terrain.

L'expression outragée qui se peignit sur le visage de Ryan la fit sourire.

Il agita ses sourcils et caressa une moustache imaginaire.

— Si j'ai mal joué, c'est de ta faute. Tu m'as perturbé.

Elle s'assit, dos au tronc.

— Allons, je plaisantais ! Tu as été formidable. Il paraît que les enseignants n'ont pas gagné un match de la saison.

Zoe ouvrit la glacière et tendit à Ryan, installé près d'elle, un sandwich préparé comme il l'aimait autrefois, avec du pain de seigle, deux épaisses tranches de dinde, du gruyère, un soupçon de laitue, un morceau de tomate et beaucoup de mayonnaise.

— Je dois être à la hauteur de mon rôle de garçon d'honneur !

Ryan mordit dans son sandwich et manifesta son approbation d'un hochement de tête.

— Alec doit s'adapter à la vie dans une petite ville. Il était principal du plus gros lycée de Philadelphie mais il a fini par craquer. Celui de Riverbend est beaucoup plus modeste mais il découvre que les problèmes se ressemblent.

Zoe déballa un sandwich au rôti de bœuf.

— Il semble se plaire ici.

— Il aime Kate, répliqua Ryan avec une grande simplicité. Il faut dire qu'ils sont faits l'un pour l'autre.

Il regarda autour de lui.

— A propos, je croyais qu'ils nous suivaient.

— Kate voulait présenter Alec à une connaissance.

Les paroles de Ryan résonnaient dans sa tête. « Ils sont faits l'un pour l'autre. » Et Kate qui affirmait quelques jours plus tôt : « Le temps ne fait rien à l'affaire. Alec et moi sommes faits l'un pour l'autre *comme Ryan et toi*. »

Zoe ne croyait pas à une telle évidence. Elle avait appris que les relations humaines connaissaient flux et reflux et que l'harmonie demandait un effort considérable des deux parties. De son point de vue, l'amour inconditionnel était une élucubration des fabricants de cartes de vœux pour vendre leur produit.

La vérité était que les gens ne cessaient d'entrer et sortir de leurs vies respectives. Sa propre expérience n'en était-elle pas la preuve ? La relation parfaite n'existait pas. Elle s'apprêtait à faire part de ses réflexions à Ryan quand elle s'avisa qu'ils n'étaient plus seuls.

Il s'était en effet levé pour saluer le maire de Riverbend, un homme d'une cinquantaine d'années, à la mine débonnaire, qui administrait la ville depuis plus de vingt ans.

Comme ils se serraient la main, elle entendit le maire dire à Ryan :

— Si vous voulez la place mon garçon, elle est à vous !

— Nous nous étions mis d'accord sur un remplacement, lui rappela Ryan. Neuf mois, un an, tout au plus.

— Vous avez accompli un excellent travail au cours des six derniers mois. Le chef Whitney lui-même n'aurait pu faire mieux. Dommage que son cœur faiblisse. Mais, comme lui, vous connaissez la ville et sa population.

— Je retourne à Philadelphie d'ici quelques mois.

— Mais la ville a besoin de vous ! insista le maire.

L'élu sourit à Zoe.

— Je suis désolé de cette interruption. Ravi de vous revoir, Zoe. Ma femme regarde votre émission tous les matins. Vous me tiendrez au courant, Ryan.

Quand le maire se fut éloigné, Ryan se rassit.

— Vas-tu accepter le poste ou retourner à Philadelphie ? demanda Zoe, comme il se taisait.

— Je retourne à Philadelphie, répondit-il très vite. Ma vie m'attend là-bas.

Il posa les yeux sur son sandwich à demi consommé, le remballa et le rangea dans la glacière. Il en tira un soda dont il but une longue gorgée.

— Qu'as-tu ?

— Je me demandais juste si j'étais capable d'affronter les démons qui m'attendent là-bas.

Il termina son soda et jeta la canette à la poubelle.

Zoe attendait qu'il continue. Comme il demeurait silencieux, elle demanda :

— Seuls des démons t'attendent là-bas ?

— Pourquoi suis-je toujours sur la sellette ? fit-il observer d'un ton de reproche. Non, personne ne m'attend en particulier. Et toi ?

— Je suis l'archétype de la new-yorkaise moderne, répondit-elle après un court silence. Celle qu'on voit dans les magazines. La trentaine, uniquement préoccupée par sa carrière, qui n'a pas de relation sérieuse…

— Toi, tu t'es amourachée d'un type qui t'a laissée tomber…

Elle sourit tristement en songeant à Jeremy et à ses lèvres molles.

— Il te manque ?

90

Zoe frissonna.

— Certainement pas ! Celui auquel je pense était un véritable cliché ambulant. Costumes, chemises, cravates et chaussures Brook Brothers ! Il voulait du solide, et je refusais de m'engager. La situation me convenait jusqu'à ce que Kate m'apprenne qu'elle allait se remarier. Alors, j'ai regardé Jeremy, et j'ai réfléchi à cette carrière si flatteuse qui me laissait si peu le temps de profiter de la proprette existence que je m'étais organisé. Et tu sais ce que j'ai découvert ?

Il la contempla.

— Non. Qu'as-tu découvert, Zoe ?

Elle voulait lui dire que, tout en sachant que le coup de foudre n'existe que dans les contes de fées, elle avait brusquement envie d'y croire. Que depuis qu'il avait refait irruption dans son existence, elle voulait se persuader qu'une relation brisée peut se restaurer.

Une semaine plus tôt, elle était atterrée de passer quelques minutes avec Ryan ; aujourd'hui, comme la veille, et l'avant-veille, elle se plaisait en sa compagnie. Elle l'admirait, l'appréciait. Ils étaient de nouveau amis. D'accord, il y avait aussi ce mystérieux courant qu'il faisait naître d'un regard ou d'un sourire. Et il lui fallait bien reconnaître qu'on ne l'avait jamais embrassée comme Ryan l'avait fait…

« Amis, juste amis », insista-t-elle. Elle ne pouvait se risquer à plus. Il s'était montré clair. Son avenir était tout tracé et elle n'y avait pas de place. Et même si elle était tentée de dire qu'elle aurait accepté n'importe quoi de sa part, Zoe savait qu'elle mourrait si elle n'obtenait pas une place privilégiée dans son cœur.

— J'ai découvert que je n'avais que des connaissances, pas d'amis proches, répondit-elle enfin. Tout ça, parce que j'ai dépensé toute mon énergie à gagner mon indépendance afin de ne plus jamais me sentir abandonnée.

Ryan enfouit son visage entre ses mains.

— Traquer la criminalité ne laisse pas beaucoup de temps pour une vie privée...

— Je ne peux t'imaginer seul.

Ryan haussa les épaules.

— J'ai choisi un métier qui ne permet pas de nouer des relations intimes avec les gens.

Il songea à Sean, à sa douleur de l'avoir perdu. Il songea à ses parents, au désespoir qui l'avait submergé après leur décès.

— Tu sais, tu n'as pas été la seule à te sentir abandonnée. Un jour mes parents étaient là, et le lendemain j'étais seul.

— Si nous concluions un pacte ? proposa impulsivement Zoe. Si d'ici cinq ans, aucun de nous n'est marié ni fiancé...

— Tu plaisantes, j'espère ?

Elle avala une gorgée de soda.

— Oui, je plaisante.

— Tant mieux. Il n'est pas question que ce genre d'histoire interfère dans notre amitié.

Pourquoi Ryan était-il si amer ? Zoe revit les deux sièges vides lors de la cérémonie de remise des diplômes et se rendit compte que sa souffrance commençait à s'apaiser. Dans ces conditions, pourquoi Ryan ne surmonterait-il pas à son tour son chagrin ?

— Les derniers mois que j'ai passés au lycée ont été horribles. Papa et maman se disputaient tout le temps. Kate et toi étiez à l'université. J'étais seule.

Elle hésita, puis les mots jaillirent.

— Papa m'a laissée, Kate et toi m'avez laissée. C'était dur de se retrouver toute seule avec maman !

Ryan la considéra pensivement.

— Kate et moi n'avons pas vraiment compris ce que tu traversais et j'en suis navré. Mais tu as survécu. Et tu as réussi. Tu sembles heureuse.

— La plupart du temps, oui. J'ai un petit groupe d'amis, de connaissances, plutôt. Des gens avec qui je fais du shopping, me rends au restaurant, au cinéma. Mais j'ai appris qu'il vaut mieux pour moi garder mes distances.

Ryan passa un bras autour de ses épaules.

— Es-tu réconciliée avec ton père ?

— Oui et non. Nous échangeons des e-mails ; je le vois environ une fois par an, généralement à l'occasion de reportages. Nous ne nous sommes pas vus depuis un moment. Par ma faute. Il viendrait plus souvent à New York si je le lui demandais.

Zoe n'aimait guère aborder ce sujet mais il lui paraissait important de se confier à Ryan.

— Après le départ de papa, maman est passée successivement par des états de désespoir et de stoïcisme. Elle n'arrêtait pas de répéter combien elle nous aimait, combien il nous aimait. Mais si tu la regardais attentivement, tu voyais qu'elle avait les yeux pleins de larmes. Elle semble heureuse maintenant. J'espère que de revoir papa ne lui causera pas un trop gros choc.

— La mort de mes parents m'a laissé plein de colère et de rancune. Penser que je n'ai même pas pu leur dire combien je les aimais, que j'étais fier d'être leur fils… Toi, au moins, tu sais que si tu as besoin de ton père, il est là.

Zoe se leva.

— Ça ne change rien à ce qui s'est passé.

— C'est vrai. Mais tu as quand même le choix.

Ryan comprenait combien la conversation était pénible pour Zoe. Il aurait voulu lui dire qu'il espérait qu'elle finirait par accepter le passé, et connaîtrait alors un certain apaisement, comme lui-même commençait à le faire. Il craignait toutefois de ne pas trouver les mots pour la réconforter. Elle s'approcha de lui lentement, les yeux pleins de larmes qu'elle ne verserait pas, il le savait, surtout pas devant lui.

Elle rangea les restes de leur repas dans la glacière. Il plia la couverture, la glissa sous son bras, puis, chacun tenant une poignée de la glacière, ils se dirigèrent vers la voiture de Kate.

— Maman fréquente quelqu'un, dit brusquement Zoe.

— C'est une bonne chose pour elle.

— Avec Kate, nous pensons que ce sera peut-être une bonne chose quand Alec et toi vous serez renseignés sur cet individu.

Il éclata de rire.

— N'est-ce pas un peu présomptueux de votre part ? Je me demande ce qu'en pense Alec.

— Je suis sûr qu'il veut le bonheur de maman.

— Nous le voulons tous…

Ryan fut interrompu par la vibration de son récepteur de messages. Il regarda le numéro qui s'affichait et soupira.

— C'est le commissariat. Peux-tu rentrer seule ?

— Je ne comprends pas, dit Zoe d'un ton plaintif, d'où te vient ce besoin de jouer les preux chevaliers !

Ryan la poussa vers la rue.

— Dépêche-toi avant que je demande à Jake de te reconduire ! Je t'appelle plus tard.

94

Tout en marchant d'un pas vif vers la maison, Zoe pensait à son père. En arrivant, elle vit Penelope sur la balancelle du porche. Elle s'apprêtait à la héler quand elle s'aperçut qu'elle n'était pas seule.

Zoe s'immobilisa, interdite. Que faisait Lawrence Russell installé confortablement sous le porche de la maison familiale, comme s'il ne l'avait jamais quittée ?

7.

L'univers de Zoe vacilla tandis qu'elle regardait stupidement ses parents. N'ayant pas encore décelé sa présence, ils se balançaient mollement, main dans la main, pareils à n'importe quel couple d'amoureux.

Jamais de sa vie elle n'avait imaginé un pareil rapprochement, et elle se sentait affreusement démunie. En pareil cas, le besoin d'un soutien moral se faisait cruellement sentir, et Ryan était la seule personne vers qui elle puisse — et veuille — se tourner. Mais Ryan n'était pas là, et Zoe devait affronter toute seule la situation.

Son père leva les yeux quand elle escalada les marches de la terrasse. Dans son regard vert, elle lut une inquiétude qui devait refléter la sienne.

Il eut un élan vers elle mais s'arrêta avant de la toucher.

— Tu me sembles en pleine forme, Zoe.

— Que fais-tu là ?

Elle grimaça devant l'hostilité involontaire de sa voix. Elle n'avait pas l'intention de le heurter mais tenait par-dessus tout à protéger sa mère.

— Voyons, Zoe, dit sa mère d'un ton de réprimande. Ce n'est pas une façon de parler à ton père !

Lawrence passa un bras autour des épaules de son ex-femme.

— Zoe mérite une réponse honnête.

— Et elle l'aura. J'espère que tu as l'esprit large, ajouta Penelope en se tournant vers sa fille. Ton père et moi avons renoué.

— Renoué…, balbutia Zoe en se laissant tomber sur les marches. Papa est ton mystérieux soupirant ?

— Quand j'ai téléphoné à Kate pour la féliciter, expliqua Lawrence, c'est ta mère qui a répondu au téléphone. J'étais heureux d'entendre sa voix…

— Nous ne nous étions pas parlé depuis si longtemps, renchérit Penelope.

— Nous avions oublié ce que c'était que d'avoir une conversation normale…

Lawrence sourit tendrement à Penelope.

— Après que nous avons raccroché, reprit-il, j'ai rappelé. Je lui ai dit que j'aimerais la revoir. Et comme ta mère était d'accord, j'ai pris l'avion à la fin du mois dernier.

— Nous n'avions pas l'intention de tenir notre entrevue secrète. Nous savons combien notre séparation vous a blessées, Kate et toi. Mais nous nous rendons compte que, en en dépit de nos dissensions, nous éprouvons toujours des sentiments l'un pour l'autre. Et c'est pourquoi nous essayons de voir si nous pouvons reconstruire quelque chose…

Le regard plein d'espoir de sa mère implorait Zoe de comprendre et d'accepter.

— Vous me dites qu'après dix ans de séparation, vous envisagez de reprendre une vie commune ? dit lentement Zoe.

Penelope lui ouvrit ses bras mais Zoe secoua la tête. L'esprit en déroute, elle ouvrit la porte et se rua vers l'escalier.

Elle entendit sa mère l'appeler, un bruit de pas dans l'escalier, puis son père qui disait calmement :

— Laisse-moi lui parler.

Par la fenêtre, Zoe apercevait *son* chêne. Si elle grimpait dans ses branches, trouverait-elle le réconfort qu'elle y connaissait autrefois ? Elle se languissait de l'époque où Ryan était toujours présent pour elle. Mais rien n'était plus comme avant.

— Zoe, je comprends que ça te fasse un choc de nous voir réunis.

— Je n'ai jamais compris pourquoi vous aviez divorcé ! dit Zoe, se tournant vers son père, debout sur le seuil de la porte.

Elle l'examina longuement. Ses épais cheveux autrefois cuivrés étaient blancs à présent. Elle ne l'avait pas vu depuis un an. A l'époque, il lui avait paru vieux, aigri. Aujourd'hui, comme Penelope, il semblait rajeuni, heureux.

Existait-il une chance pour que ses parents retrouvent le bonheur après une aussi longue séparation ? Zoe aurait aimé connaître la réponse. Posséder les réponses aux questions du passé lui permettraient de mieux négocier celles concernant son avenir, se disait-elle.

Elle s'assit sur le rebord de la fenêtre et son père vint l'y rejoindre. Il lui expliqua que sa mère et lui avaient très vite pris conscience qu'ils s'étaient mariés trop jeunes. Ils n'attendaient pas la même chose de leur union et, tandis que les fondations du mariage s'effritaient, ils étaient demeurés sur leurs positions jusqu'à l'effondrement final.

— Nous sommes restés ensemble aussi longtemps que possible, dit-il. Probablement trop longtemps. Je regrette amèrement que notre séparation et le départ de Kate et Ryan se soient produits en même temps. Tu as souffert, et nous étions trop impliqués dans nos histoires respectives pour en avoir pleinement conscience.

— Pendant des années, j'ai cru qu'il y avait quelque chose de mauvais en moi pour que tous les êtres que j'aimais m'abandonnent. Je sais maintenant, ajouta Zoe, coupant court aux protestations de son père, que ce n'est pas vrai. Mais c'est ce que je ressentais.

— J'ai commis bien des erreurs, dit tristement Lawrence. Les dix dernières années pèsent lourd dans la balance et je comprends que ça te choque de me voir réapparaître dans la vie de ta mère.

— C'est dur, c'est vrai. Mais la décision appartient à maman.

Lawrence hocha la tête.

— J'aimerais que nous nous retrouvions, Zoe. Je veux faire partie de ton existence. Pas seulement te regarder de loin.

A dix-huit ans, Zoe aurait repoussé son père. Quelques jours auparavant, elle aurait peut-être réagi de la même manière. Mais ses retrouvailles avec Ryan avaient modifié sa façon de penser.

— J'aimerais aussi.

— D'après ta mère, Ryan et toi avez fait la paix. Il était grand temps, si tu veux mon avis.

Zoe retint un sourire. Combien de fois, par le passé, son père ne l'avait-il pas prise sur ses genoux pour un petit sermon qui se terminait rituellement par ces mots : « Il est temps, si tu veux mon avis » ?

— Tu es toujours si généreuse, poursuivit-il. Ça ne te ressemblerait pas de refuser une main tendue.

Il parlait pour lui autant que pour Ryan, Zoe en était persuadée.

— Je redécouvre les qualités les plus précieuses de Ryan.

Le cœur battant, elle entendit sa petite voix lui ordonner de donner une seconde chance à son père. Elle croisa son regard plein d'espoir et entrevit, malgré les blessures passées, une possibilité de pardon.

— J'ai besoin de réfléchir, murmura-t-elle.

Lawrence se leva.

— Dans ce cas, je te laisse. Nous en reparlerons demain, si tu veux bien.

Zoe hochant la tête, il lui sourit.

Elle attendit quelques instants avant de gagner à son tour le rez-de-chaussée. Dans le miroir, elle aperçut l'image de ses parents, debout dans l'entrée. Sa mère avait posé sa tête sur l'épaule de son père, une scène si familière que les larmes lui vinrent aux yeux.

Avant qu'elle ait pu dire un mot, son père disparut par la porte. Zoe vint étreindre sa mère.

— Je t'aime très fort, tu sais.

Penelope lui rendit son étreinte.

— Moi aussi, ma chérie. Et ton père également. Le ciel nous a accordé à toutes deux une seconde chance.

Elle poussa Zoe vers la porte.

— Va le retrouver, maintenant.

— Quel est le problème ? demanda Ryan du seuil de la porte de l'épicerie.

Il connaissait déjà la réponse. La réceptionniste avait été claire et concise. Son fils Howie, un adolescent employé dans la boutique située à deux pas du poste de police, avait trouvé bizarre le comportement d'Alan Delaney et les en avait informés.

Alan Delaney, un homme sans histoire, ex-propriétaire de la quincaillerie de Town Square — une économie morose et l'essor des supermarchés ayant signé la débâcle de son affaire — se retourna en entendant la voix de Ryan.

Il portait des vêtements propres mais usagés et son visage exprimait un mélange de crainte et de ressentiment.

— Je ne veux pas causer d'ennuis, dit-il. Il me faut juste le contenu du tiroir-caisse.

— Combien y a-t-il ? demanda Ryan.

Il gardait un œil sur l'apprenti gangster et l'autre sur Howie qui tremblait de tous ses membres. Ryan n'avait pas son revolver ; restait à espérer que, quelle que soit l'arme choisie par Alan, il serait trop effrayé pour s'en servir. Ryan se sentait capable de désamorcer la situation sans effusion de sang, comme il l'avait fait des dizaines de fois avant… avant le drame.

Il repoussa cette idée. Il devait se concentrer sur la scène qui se déroulait sous ses yeux. On était à Riverbend, pas à Philadelphie. Devant lui se tenait un homme aux abois, et non un redoutable trafiquant de drogue.

— Environ cinquante… cinquante… cinquante dollars, bredouilla Howie.

— Je n'ai plus de revenus à présent que la boutique est fermée, dit Alan.

Il se redressa.

— Je ne demanderai pas l'aide sociale pas plus que je ne mendierai dans les rues !

— Je comprends…, dit Ryan.

Il se dirigea lentement vers lui, les mains tendues pour montrer qu'il ne portait pas d'arme.

A ce moment, la silhouette de Zoe s'encadra dans la porte. En la découvrant, Ryan ne se départit pas de son calme. Seul son regard trahit son irritation.

— Et je pense que nous arriverons à régler le problème, ajouta-t-il. Howie, appelle Jake au poste. Rassure-le sur ton sort et dis-lui que je maîtrise la situation.

Tandis qu'Howie téléphonait, Ryan tira son portefeuille de sa poche et en sortit quelques billets qu'il glissa dans la poche d'Alan. Au passage, il en profita pour le délester de son « arme » : une banane en mauvais point.

— Il faut me suivre au poste, expliqua-t-il.

— Je n'avais pas l'intention de blesser quiconque, dit Alan.

En apercevant Zoe, il rougit.

— Est-ce que je ne vous ai pas vue à la télé ?

— C'est Zoe Russell de *Wake Up, America*, expliqua Howie, qui semblait se remettre de son traumatisme. Elle me gardait quand j'étais petit !

— Tu es Howie Zimmer ?

Comment aurait-elle reconnu en cet adolescent dégingandé le bébé joufflu qu'elle faisait sauter sur ses genoux ?

Ryan posa une main sur l'épaule d'Alan.

— Nous allons au poste. Zoe et Howie nous rejoindront d'ici quelques instants. Je suis sûre que Zoe sera ravie de répondre à vos questions sur sa vie dans les studios new-yorkais.

Zoe s'approcha de Ryan.

— Le maire avait raison, lui murmura-t-elle à l'oreille. Ta présence ici est une bénédiction des dieux.

Une fois qu'Howie eut retrouvé sa mère, Zoe se rendit au bureau de Ryan. Il était au téléphone. Tout en s'efforçant de ne pas se montrer indiscrète, elle comprit que la discussion concernait Alan Delaney.

En attendant qu'il ait terminé, elle examina les plaques du mur, son apparence dans le miroir de la porte, et éplucha les notices du tableau d'information. Les photos des dix hommes les plus recherchés par le FBI y étaient punaisées. Elle fut soulagée de n'en reconnaître aucun.

Elle prit place sur la chaise qui faisait face au bureau de Ryan, mais, incapable de rester en place, prit l'unique photo qui se trouvait sur son bureau et qui le représentait avec un jeune homme brun. Sean, pensa-t-elle.

Elle l'examina. Ils se tenaient épaule contre épaule, comme des frères, remarqua-t-elle, leurs visages légèrement tournés l'un vers l'autre. Le photographe avait su capter dans leur attitude, leur expression, l'étroitesse des liens qui les unissaient.

En entendant Ryan raccrocher, elle leva la tête et croisa son regard mécontent.

— Peux-tu m'expliquer ce que tu es venue faire à l'épicerie ?

— Tu es formidable ! dit Zoe en reposant la photographie. Je t'admire énormément, tu sais.

— Tu n'as pas répondu à ma question.

Il était nerveux, constata-t-elle. Il s'était sûrement inquiété pour elle.

— Il n'y avait pas de réel danger.

Ryan enfouit son visage entre ses mains.

— Alan Delaney n'était peut-être pas armé, mais il était désespéré. Tu aurais pu recevoir un mauvais coup !

— J'étais sûre que tu me protégerais ! De plus, tu as parfaitement su gérer la situation La boutique est intacte, ainsi que l'honneur de M. Delaney. Bien sûr, tu as perdu cinquante dollars dans l'affaire mais je sais que pour toi l'essentiel est que le sang n'ait pas coulé.

Ryan leva les yeux au ciel. Quand il l'avait vue tranquillement entrer dans la boutique, il l'aurait étranglée ! Il devait toutefois reconnaître qu'elle avait scrupuleusement suivi ses instructions.

— Est-ce un échantillon de la célèbre logique de Zoe Russell ?

Elle vint se percher sur un coin du bureau et le serra dans ses bras.

— En quel honneur ?

Ryan se dégagea de l'étreinte de Zoe. Quand elle était si proche, il lui devenait impossible de se concentrer.

Elle tapota le téléphone.

— Tu t'occupes du cas Delaney ?

Ryan hocha la tête.

— Le juge du district est d'accord pour renoncer à la caution en attendant l'audition. La famille d'Alan a promis de veiller à un suivi psychologique. A propos de famille, tu veux toujours que je prenne des renseignements sur le petit ami de ta mère ?

— Inutile !

Il lui jeta un coup d'œil soupçonneux.

— Comme c'est étrange ! Il n'y a pas deux heures, tu ne pensais qu'à ça !

— Figure-toi que j'ai découvert cet homme mystérieux sous le porche de la maison de Kate, main dans la main avec maman. C'est... mon père.

Ryan émit un sifflement.

— Eh bien ! Comment réagis-tu ?

— Je suis surprise, déconcertée, heureuse.

Elle se pencha et appuya son front contre celui de Ryan.

— Déconcertée, surtout.

Elle raconta à Ryan leur décision d'essayer de reprendre la vie commune et sa discussion avec son père.

— Ils sont heureux, conclut-elle avec un soupir.

— Où est le « mais » ?

Zoe haussa les épaules.

— C'est un grand bouleversement. Si je m'imaginais rentrer à la maison pour vous revoir toi et papa, qui me donnez des conseils comme si j'étais toujours une petite fille… Pourquoi souris-tu ?

— Tu associes ton séjour à Riverbend à un « retour à la maison ». C'est un changement radical de point de vue !

En effet, se disait Zoe, qui aurait cru que ses sentiments vis-à-vis de sa famille, de Ryan et même de sa ville natale subiraient un revirement aussi total ? Avant même de quitter Manhattan, Zoe supportait mal la frénésie de son rythme de vie. Tout pour le travail, rien pour le plaisir. Bien sûr, sa carrière était en plein essor mais au détriment de sa vie privée. En même temps qu'elle gravissait les échelons de la réussite avec *Wake Up, America*, elle s'éloignait toujours un peu plus de Zoe Russell.

En revanche, elle avait eu l'impression ces derniers jours, en plus de son rapprochement avec sa famille et ses amis, de se retrouver. Et elle le devait en grande partie à Ryan.

Pourrait-elle tomber amoureuse de lui ? Vraiment amoureuse ? Elle se mordit la langue de crainte que la question ne jaillisse malgré elle. Ils étaient amis. *Amis*, pas amoureux. Même s'ils avaient partagé des baisers brûlants.

Zoe se laissa glisser par terre et vient le serrer de nouveau contre elle. Elle frissonna. Ils étaient sur le chemin d'une toute nouvelle intimité. Tomber amoureuse ne ferait que compliquer la situation.

Mais si, tout de même, elle tombait amoureuse de Ryan, Zoe prendrait le temps de réfléchir à ce qu'elle attendait exactement de lui...

Ryan était énervé et contrarié. Enervé parce que la présence de Zoe tout contre lui, lui donnait envie d'être seul avec elle, de l'embrasser, et de lui faire l'amour. Contrarié parce que ce n'était pas un désir très raisonnable. Ses sentiments demeuraient inchangés. Il tenait énormément à elle. Et il continuait à penser qu'il ne devait pas prendre le risque de tout détruire.

Dire qu'il avait considéré si longtemps Zoe comme une petite sœur ! Mais elle avait grandi. La seule attitude intelligente aurait été de la renvoyer chez elle. Cependant, quand elle soupira de bien-être et posa sa tête sur son épaule avec une familière confiance, Ryan sut qu'il était perdu.

Et puis elle mordilla le lobe de son oreille.

Ryan se leva brusquement, et rattrapa Zoe avant qu'elle n'atterrisse à terre.

— Pourquoi as-tu fait ça ?

— Pour attirer ton attention.

— Tu as réussi !

Il mit ce qu'il espérait être une distance de sécurité entre eux. Le sourire malicieux de Zoe ne laissait rien présager de bon. Il se creusa désespérément la cervelle pour trouver un sujet de conversation anodin. En vain. Tout ce qui lui venait à l'esprit, c'était l'image de Zoe, allongée sur son lit, avec ses beaux cheveux roux répandus autour de son visage, ses yeux verts assombris par le désir, ses lèvres enflées par les baisers.

— Eh bien... alors...

Il tenta de se ressaisir. Il n'était plus un gamin, tout de même ! Il devait savoir s'y prendre avec — comment Jake l'avait-il appelée, déjà ? — « l'appétissante Walkyrie rousse » qui se tenait devant lui.

Elle le mettait visiblement à l'épreuve, et Ryan craignait d'échouer au test.

— Ne dois-tu pas aider Kate ?

Il lui prit la main et la tira hors du bureau, vers le hall d'entrée et la porte.

— Tu essaies de te débarrasser de moi !

Elle s'agrippa au chambranle de la porte.

— Oui. Enfin, non.

Il se frotta le visage. Un discret claquement de langue provenant de la réceptionniste installée derrière son bureau lui rappela qu'ils n'étaient pas seuls.

— Vous n'avez rien à faire ? lui demanda-t-il sèchement.

— Vous êtes si mignons, répondit en souriant la jeune femme. Et, Ryan, n'oubliez pas votre invité, ajouta-t-elle avec un signe de tête vers la cellule.

Ryan prit Zoe par le bras et l'entraîna dans cette direction.

— Tu n'oserais pas me mettre dans une cellule ? demanda-t-elle en frissonnant.

— Tu peux me faire confiance.

Oui, elle lui faisait confiance, comme à un ami très cher. Et rien ne devait ternir cette amitié. Le provoquer était une chose, en tomber amoureuse une autre.

Mais si elle risquait si facilement de s'éprendre de lui, s'en détacher devait être aussi aisé. Bien. Un peu rassurée, elle lui jeta un bref coup d'œil et croisa son regard pensif. En des moments comme celui-ci, Zoe aurait donné cher pour lire dans les méandres de l'esprit masculin.

Sauf qu'il valait beaucoup mieux en être incapable…

Il ouvrit la porte de la cellule et l'y poussa. Un aboiement aigu provenant d'une caisse posée dans un coin se fit entendre et le visage de la jeune femme s'illumina quand elle découvrit un petit chien.

Elle s'approcha du golden retriever dressé sur son postérieur, ses grosses pattes avant posées sur le rebord de la caisse.

— Il est adorable !

Elle caressa la douce fourrure et reçut en retour un coup de langue humide sur la main.

— Un autre Webster ? s'enquit-elle.

— Un parent très éloigné, répondit Ryan en s'asseyant en tailleur sur le sol. Il a environ deux mois et demi.

— Est-ce que je peux le prendre ?

Zoe prit le chiot et le serra dans ses bras. Le petit animal ferma béatement les yeux.

— Il est trop mignon !

— Ne t'y fie pas. C'est un vrai petit diable !

Ryan gratta le chiot sous le cou. Le petit animal ouvrit alors les yeux et sauta à terre. Après avoir fait le tour de la cellule, il revint s'installer sur les genoux de Zoe.

— Et il n'est pas encore tout à fait propre…

Une laisse était posée près de la caisse. Ryan la fixa au collier du chien avant de se lever et d'aider Zoe à l'imiter. Tout heureux, le chiot bondit autour d'eux, enroulant la laisse autour de leurs jambes. Quand Ryan l'eût démêlée, il courut vers la porte puis se tourna vers eux et aboya.

— Tu veux le promener ? demanda Ryan à Zoe.

Zoe prit la poignée de la laisse et se trouva instantanément projetée en avant.

— Pour un petit chien, il est déjà costaud !

— Il ressemble à Webster à son âge. Tout dans les pattes.

— Tu lui as donné un nom ?

— J'espérais que tu lui en trouverais un.

— C'est sérieux, dit Zoe comme ils prenaient le chemin de la maison de Kate. Un nom mal approprié peut l'handicaper pour la vie.

— Tu me dois bien ça. Je t'ai sauvé la vie à l'épicerie, rappelle-toi ! C'est fou ce que les femmes ont la mémoire courte ! ajouta-t-il en levant les yeux au ciel.

Zoe se pencha pour couvrir les oreilles du petit chien.

— Ne l'écoute surtout pas !

— Si tu ne m'aides pas, tu seras rongée par le remords quand il ira chez le psychologue canin et aboiera que ses problèmes comportementaux viennent de ce que tu as refusé de le baptiser !

Ils s'arrêtèrent devant la maison de Ryan. Si Zoe comprenait les raisons affectives qui l'avaient poussé à l'acheter, en revanche, elle ne saisissait pas bien ce qu'il comptait en faire quand il retournerait à Philadelphie.

Elle examina le jardin. La pancarte avait disparu. Avec ses roses en pleine floraison, ses arbustes soigneusement taillés et sa pelouse tondue, la maison semblait prête à accueillir ses nouveaux hôtes.

Et puis Zoe remarqua la camionnette garée dans l'allée. Au même instant, un homme sortit de la maison. En les apercevant, il agita la main.

— Nous avons placé les meubles comme convenu, dit-il en tendant une clé à Ryan.

— Je croyais que tu t'étais débarrassé de tout… après…, bredouilla Zoe après le départ du livreur.

— J'avais entreposé quelques pièces au garde-meuble.

Il lui prit la laisse des mains et libéra le petit chien. Dès qu'il ouvrit la porte, celui-ci se rua à l'intérieur, dérapant sur le parquet poli.

Zoe regarda Ryan faire le tour de la pièce, effleurant du bout des doigts la causeuse, le fauteuil, le coffre ancien, et se demanda quand il se rendrait compte que, avec son chien et sa maison, il refondait ses racines à Riverbend.

8.

L'eau de la douche était chaude, juste comme Ryan l'aimait, et le jet cinglant.

La journée avait été difficile, mais il s'en était relativement bien sorti.

Bien sûr, Alan Delaney avait eu l'intention de cambrioler l'épicerie. Ryan savait toutefois que demander au juge d'opter pour la mise à l'épreuve plutôt que la prison était la seule attitude possible. Et, à présent, Zoe le prenait pour un héros. A vrai dire, son ego supportait très bien cela. Seule ombre au tableau, la petite voix de sa conscience qui lui reprochait avec insistance les mauvaises pensées qu'il entretenait à l'égard de Zoe. Elle avait raison, il en convenait. Même s'il avait désespérément essayé de se convaincre qu'il n'y avait rien de mal à s'embrasser comme des fous.

Il ne devait rien faire qui risque de détruire la confiance que Zoe avait placée en lui.

Il avait commandé une pizza. Quand il descendrait, ils dîneraient et ensuite, ils chercheraient un nom pour le chiot.

Avec quelle impatience il attendait cette soirée !

Ce serait comme avant. Enfin, presque, parce que maintenant, ils étaient plus âgés et donc, il fallait l'espérer, plus sages. Ils avaient tiré les leçons de leurs erreurs, n'est-ce pas ? Il n'était pas question de compromettre leur amitié toute neuve.

Il fronça les sourcils. Il y avait toute cette électricité crépitant entre eux. Seulement, il n'avait pas plus envie de s'engager avec elle — ni avec une autre — qu'elle n'était prête à avoir une relation physique avec lui. Ce qui était tout ce qu'il pouvait lui offrir actuellement.

Des femmes avaient traversé sa vie, qui en voulaient toujours plus que ce qu'il pouvait donner. Il n'en caressait pas moins l'espoir que, un jour, il rencontrerait celle qui lui était destinée et qu'ils vivraient heureux jusqu'à la fin de leur existence.

Mais cela, c'était avant la mort de Sean. A présent, son cœur lui semblait recroquevillé, inaccessible. S'il tenait à Zoe, il savait que l'amour n'apparaît pas d'un coup de baguette magique et que leur attirance n'était qu'une partie de l'équation.

Durant un moment, Ryan laissa libre cours à son imagination. Il voyait Zoe tournant lentement la poignée de la porte, se glisser d'un pas d'abord hésitant puis plus assuré dans la salle de bains ; il tirerait alors le rideau et elle le contemplerait avec un regard plein d'amour. Et il la prendrait dans ses bras, l'embrasserait et la ferait sienne, pour toujours.

D'un geste brusque, il ferma le robinet et sortit de la douche. La scène paraissait trop réelle. Il s'approcha du miroir, et essuya la buée. Que s'attendait-il à voir d'autre que le visage d'un policier de trente-deux ans avide de quiétude et de stabilité ?

Ils devaient parler, soit. Mais est-ce qu'une discussion éteindrait la passion qui flambait entre eux ? Non, naturellement. C'était tout le problème. Et à ce problème, aucune solution n'était en vue.

**

Zoe et le livreur de pizzas se présentèrent en même temps à la porte de Ryan. Elle régla la note et utilisa pour entrer la clé que lui avait donnée Ryan.

Une chaussette dans la gueule, le petit chien l'accueillit avec de grandes démonstrations de joie avant de s'élancer en aboyant joyeusement dans l'escalier. Zoe posa la pizza sur la table et le suivit.

Du palier, elle entendit le bruit de la douche et sourit. Comment réagirait Ryan si elle faisait irruption dans la salle de bains, tirait le rideau de la douche et... parvenait à ses fins ?

Elle réprima un rire. « Parvenir à ses fins. » Ça faisait héroïne d'une sombre machination politique.

Ryan la troublait comme personne. Il lui donnait des envies étranges... comme d'avoir un mari à aimer, des enfants à élever, une famille unie. Des envies inconciliables avec sa vie new-yorkaise. Des envies qu'elle refusait de se formuler avant que Ryan O'Connor ne vienne bouleverser une existence qu'elle croyait bien rangée.

Zoe envisageait l'avenir en termes de carrière et non de bonheur. Aujourd'hui, *Wake Up, America*, un plus tard, sa première émission en prime time. Avec un peu de chance, cette émission connaîtrait un bon succès d'audience et serait le départ d'une brillante carrière.

Voilà la vie qu'elle désirait. Enfin, qu'elle désirait *avant*, se dit-elle avec un rien d'amertume. Elle s'assit sur une marche, s'adossa au pilier de la rampe et regarda le chiot mâchonner sa chaussette tout en réfléchissant aux virages imprévus survenus sur sa route ces derniers temps.

Le plus dangereux étant Ryan O'Connor.

Il trouverait certainement amusant d'être considéré comme un virage sur la route de sa vie. Tout comme Zoe

113

était persuadée qu'elle représentait un dos d'âne imprévu sur la sienne. Il criait sur les toits tenir plus que tout à son amitié. Mais elle voulait plus, beaucoup plus.

Malgré tout, elle était tombée amoureuse de Ryan. Et elle sourit à l'idée de sceller ses lèvres à celles de l'homme si viril qui se tenait derrière le mur, les reins ceints d'une simple serviette, ou peut-être de rien du tout...

Zoe s'imagina caressant son corps, ses muscles assouplis par l'exercice physique, sa large poitrine, ses hanches étroites, ses longues jambes de coureur... Et elle se demanda quel effet ça faisait qu'un homme tel que lui soit follement amoureux de vous.

L'idée la fit frissonner de plaisir.

— Peux-tu m'expliquer ce qui te fait sourire comme un chat devant la cage du canari ?

— Ryan ! Je...

Elle se leva précipitamment et aplatit les plis imaginaires de son pantalon. Il portait heureusement davantage qu'une serviette. Un jean et un T-shirt blancs. Les cheveux humides. Il n'avait pas pris la peine de se raser mais la barbe qui bleuissait ses joues le rendait légèrement inquiétant, et terriblement séduisant. Zoe devait se montrer prudente ; Ryan avait le don de briser ses défenses au moment où elle s'y attendait le moins.

— Rien d'important.

« Je ne rougirai pas ! » se répétait-elle avec force. Cependant, en dépit de ses efforts véhéments, elle sentit la chaleur lui monter aux joues.

Elle se baissa pour attraper le chiot qui courait en cercles autour d'eux.

— Il a besoin de sortir ! Nous revenons dans un instant.

114

Elle dévala l'escalier et courut au fond du jardin. Là, elle se reprit. Elle avait beau se répéter que Ryan adorait la taquiner ainsi quand elle était gamine, ce n'était plus pareil à présent. A présent, ils avaient une conscience *adulte* l'un de l'autre.

L'idée l'enchantait et l'effrayait en même temps.

— Je te connais, Zoe ! Tu ne rougis pas pour rien ! cria Ryan du seuil de la porte.

Choisissant de l'ignorer, Zoe suivit le petit chien. Quand il se fût soulagé, il se précipita vers Ryan qui attendait à la porte.

— Je ne sais pas comment tu fais, marmonna-t-elle en les rejoignant, mais tu me fais perdre tous mes moyens.

— Tu n'as pas à en être gênée, dit-il en souriant. C'est à cause de cette mystérieuse attirance.

— Je ne suis pas gênée, juste déroutée. Pour mettre les choses au clair, je… Enfin, les femmes ont aussi des fantasmes, tu vois ? Ça te pose un problème ?

— Aucun ! Mon ego adore que tu fantasmes sur moi. Mais j'ai les pieds sur terre. La pizza avant tout.

Sagement, Zoe laissa la conversation prendre un tour plus banal.

— La maison n'a pas beaucoup changé…, fit-elle remarquer en entrant.

Elle le suivit dans la cuisine, souhaitant pouvoir lire dans ses pensées. Il lui rappelait Dr Jekyll et M. Hyde, avec son côté romantique et l'autre froid et distant.

— Je reprends ce que j'ai dit, dit-elle. Je ne me souvenais pas que le lino soit si usagé. Et pourquoi a-t-on peint les portes des placards en jaune criard ?

Zoe se rappelait nettement le jour où elle avait aidé la mère de Ryan à suspendre les rideaux de dentelle qu'elle avait confectionnés aux fenêtres. L'une se trouvait au-dessus de l'évier de porcelaine ébréché, l'autre dans le coin repas où Zoe, Kate et Ryan se restauraient souvent de macaronis au gruyère. Aujourd'hui, des stores synthétiques pendaient à ces fenêtres.

— Il faudra procéder à quelques aménagements avant qu'elle soit vraiment habitable.

— J'ai justement le temps et l'argent nécessaires, dit Ryan.

Il sortit la pizza du carton et la mit dans le micro-ondes qui trônait, solitaire, sur le plan de travail, puis sortit des assiettes en carton d'un placard.

— Les fourchettes en plastique sont dans le tiroir. La bière et les sodas dans le réfrigérateur.

Quand la sonnerie du four retentit, il sortit la pizza et suivit Zoe dans la salle de séjour. Il posa la pizza sur le coffre qui lui servait momentanément de table basse tandis que Zoe prenait place sur la causeuse. Le chien y sauta et se roula en boule près d'elle.

— La dernière fois que nous avons partagé une pizza, j'ai failli te la jeter à la tête ! fit-elle remarquer.

— Et alors, nous avons joué à « cartes sur table ».

Il se frotta la joue.

— J'ai encore sur le cœur toutes les horreurs que tu m'as débitées.

— Elles étaient bien méritées, répliqua Zoe.

Elle but une gorgée de soda. Pas de bière pour elle ce soir. Elle avait besoin de garder les idées claires.

Ryan prit la chaise, la retourna et s'y installa à califourchon.

— Il faut parler de ce baiser.

— Lequel ? demanda-t-elle d'un air innocent.

— Je t'en prie ! Tu sais très bien de quoi je parle ! Cela ne doit plus se reproduire.

Elle ne prit pas la peine de dissimuler son choc. Elle se rappelait si bien ce baiser — non, ces baisers — qui l'avaient laissée pantelante de désir.

— Ainsi, tu ne m'embrasseras plus jamais ?

Il secoua la tête.

— Pas de cette façon.

— De quelle façon ?

Elle fut d'abord soulagée qu'il ne réponde pas mais comme le silence s'éternisait, elle insista malgré elle.

— Tu ne m'embrasseras plus comme un homme embrasse une femme pour qui il éprouve des sentiments ?

— Non, répondit-il simplement.

Elle le dévisagea avec attention et, à l'obstination de son regard, elle comprit qu'il ne reviendrait pas sur sa décision.

— Ryan, que se passe-t-il ?

— Tu m'as demandé d'être honnête. Je fais de mon mieux.

Il parlait d'une voix empruntée, comme s'il répétait une leçon mal apprise.

— Je ne peux pas croire que nous ayons cette conversation !

— Zoe, nous avons réussi à nous réconcilier, ce que, il y a quinze jours, j'aurais juré impossible. Je tiens énormément à toi. Je ne veux plus te faire de mal. Rien d'autre qu'une amitié n'est possible entre nous…

Son air peiné fit frissonner Zoe. La suite, elle l'aurait parié, serait terrible à entendre.

— Il n'est pas question que je tombe amoureux de toi.

Zoe eut la sensation que son sang se retirait de son corps. Elle prit une profonde inspiration, puis relâcha doucement l'air de ses poumons, sans pour autant soulager sa souffrance. Elle savait que la bataille pour gagner le cœur de Ryan serait ardue, mais elle ne s'attendait pas à ce qu'il lui déclare froidement qu'il ne l'aimait pas et ne l'aimerait jamais.

Puis son chagrin se mua en révolte.

— Explique-moi ! Tu ne *peux* pas tomber amoureux de moi ou tu ne *veux* pas ? A moins que tu en aimes une autre…

— Faut-il vraiment que nous argumentions à tout propos ?

— Pas forcément. Je veux juste comprendre.

Elle se leva, réprimant un violent désir de lui appliquer un bon coup de poing là où il ne risquerait pas de l'oublier de sitôt.

— La dernière fois que nous avons discuté de baisers, c'était à Cincinnati, peu avant que tu ne me sauves la mise. Ta préoccupation d'alors était que, quoi qu'il arrive entre nous — ne t'inquiète pas, je ne prononcerai pas le mot amour — cela n'interfère pas dans les rôles que nous devons jouer au mariage de Kate et Alec.

— Comme si tu ne te rappelais pas ce que je t'ai confié ce jour-là !

— Je me souviens. Tu m'as parlé de ce que tu éprouvais vis-à-vis de Sean, de ton métier, de toi et de moi. Et je t'ai dit ce que je ressentais par rapport à toi. Comme des amis qui se confient l'un à l'autre. Je dois dire, Ryan, que je suis ravie d'apprendre que tu éprouves des sentiments.

— Tu n'as pas besoin d'être aussi sarcastique.

Zoe se renversa si brusquement contre le dossier de la causeuse qu'elle faillit envoyer le petit chien par terre. Elle le rattrapa au dernier moment.

— Tu as raison. Chaque fois que nous essayons d'analyser notre relation, ça tourne au pugilat. De toute façon, nous ne parlons pas la même langue.

118

— Que veux-tu dire ?

Elle le désigna du doigt.

— Tu es un homme…

Elle tourna son index vers elle.

— Et je suis une femme. Et toi, ajouta-t-elle en s'adressant au petit chien, tu t'appelleras Chance.

— Drôle de nom pour un chien !

Elle lui jeta un regard glacial. Elle avait besoin de temps pour réfléchir à ce qu'elle allait faire de lui, et d'eux. Parce qu'elle savait déjà qu'elle ne renoncerait pas à Ryan.

— Réfléchis-y.

— Tant que tu ne seras pas en âge de les comprendre, garde-toi des femmes comme de la peste, expliqua Ryan à Chance. Ce qui signifie qu'on t'enterrera avant que tu puisses en approcher une.

Ils avaient presque terminé leur promenade de fin d'après-midi, promenade à laquelle Ryan prenait un grand plaisir. Bien sûr, il aurait préféré que Zoe se joigne à eux, mais elle demeurait invisible depuis plusieurs jours. Enfin, il la verrait tout à l'heure, pour la répétition du mariage.

Elle attendait des excuses, il le savait. Mais il ne voyait pas pourquoi il aurait dû s'excuser d'avoir été honnête. Surtout alors qu'elle le lui avait demandé.

Il ralentit le pas en passant devant la maison de Kate. Au même moment, la porte s'ouvrit, livrant passage à Zoe, éblouissante en simple pantalon de lin et sweat-shirt dont le vert faisait ressortir celui de ses yeux et le roux ardent de ses cheveux. Comme la brise les soulevait, elle repoussa une mèche derrière son oreille.

— Tiens, voilà Chance !

Elle se pencha pour caresser le petit chien qui aboya joyeusement.

— Il va bien, on dirait.

— Tu lui manques.

« Et à moi aussi », ajouta-t-il intérieurement.

— Je peux le promener, si tu veux. J'ai du temps libre d'ici lundi.

— Lundi ? Pourquoi lundi ?

— Parce que lundi, je rentre à New York.

Elle le laissa digérer la nouvelle avant de demander :

— Alors, comment Chance se comporte-t-il ?

— Eh bien, il m'a dévoré un certain nombre d'articles vestimentaires.

Ryan essayait d'adopter le ton léger de Zoe mais avec quelques difficultés. Tant de choses restaient en suspens. Il ne savait par où commencer. Ni comment.

— Si ça continue, je le mets dans une école pour chien.

— Tu ferais mieux de ne pas laisser traîner tes affaires !

Le sourire de Zoe n'atteignait pas ses yeux. Elle gratta Chance derrière les oreilles.

— Il me rappelle tellement Webster avec ses grosses pattes, ses oreilles tombantes et sa queue toujours en mouvement.

— J'ai aussi menacé Webster de cours de dressage.

Ryan s'accroupit devant le chiot.

— Tu es un bon chien, Chance, même si tu as mangé mes tennis préférées.

— Bon, il faut que j'y aille si je ne veux pas être en retard à la répétition.

— Attends !

Avant qu'elle ait pu s'éloigner, Ryan lui saisit le bras.

— Je voulais t'appeler.

Elle le dévisagea froidement sans répondre. Ryan sentit l'impatience le gagner. Elle pouvait se montrer si entêtée.

— J'ai vu ton spot publicitaire ce matin dans *Wake Up, America*. Très impressionnant. Je parie que les taux d'audience vont grimper en flèche.

— Mon père va se tenir à l'entrée de l'église et il ne laissera personne entrer sans s'être assuré qu'ils ont branché leur magnétoscope pour enregistrer mon émission !

Zoe regarda sa montre puis Ryan.

— A tout à l'heure, à l'église.

Ryan la regarda disparaître au coin de la rue. Il essaya de persuader Chance de marcher d'un bon pas mais le chiot pensait nécessaire de s'arrêter à chaque arbre et de flairer chaque feuille. Il lui fallut donc dix minutes supplémentaires avant de pouvoir installer le chien pour la nuit, se changer et courir à l'église.

Sa brève conversation avec Zoe l'avait laissé étrangement troublé, et il n'aimait pas du tout ce sentiment.

Zoe marchait le long de la petite rue qui traversait la ville pour se rendre à l'église. La soirée à venir l'angoissait. Elle était contente pour Kate et Alec, et heureuse de voir ses parents enfin réunis, mais l'incertitude où elle était quant à sa relation avec Ryan la mettait mal à l'aise.

Elle aimait tout chez lui, même cette obstination qui le poussait à se croire incapable d'aimer. Elle comprenait son appréhension. Elle savait aussi que Ryan était un homme intelligent, méthodique, qui pensait devoir en finir avec ses deuils avant de s'autoriser à aimer de nouveau.

Seulement, quinze jours ne suffiraient pas à régler des problèmes vieux de dix ans. Ce soir cependant, pensa-t-elle avec un grand sourire, elle allait lui donner un échantillon de ce qu'ils pourraient vivre ensemble pour peu qu'il laisse une chance à leur histoire !

En entrant dans le salon de l'église, Zoe trouva son père qui se battait avec son nœud de cravate devant le miroir. Au cours des derniers jours, elle avait vu le lien se resserrer entre ses parents. Et elle ne serait pas étonnée d'être invitée bientôt à un nouveau mariage.

Elle s'approcha pour l'aider à ajuster sa cravate. Comme elle le faisait si souvent… avant.

— Tu es très beau.

Il lui adressa un clin d'œil.

— C'est l'amour ! Mais tu n'es pas mal non plus, Zoe. Quel effet cela te fait-il de te rendre à l'autel d'ici quelques minutes ?

— En tant que demoiselle d'honneur ! tint à préciser Zoe. Sauf que Kate tient à ce que Ryan et moi les remplacions pour la répétition. Je n'arrive pas à la faire démordre de cette idée.

— J'ai eu une petite conversation avec Ryan dernièrement.

— Vraiment ?

Zoe tira d'un coup sec sur la cravate de son père.

— Aurais-tu oublié la règle numéro un : pas d'intervention parentale ?

— J'ai bien le droit de te donner un conseil !

Zoe sourit.

— Je suis prête à t'écouter à condition que tu ne prononces pas le nom de Ryan. Nous ne sommes pas en très bons termes en ce moment.

122

— Je reconnais bien là ma fille ! s'exclama Lawrence. Déterminée, fonceuse. Tu tiens ça de moi. Dieu merci, tu as hérité du bon sens de ta mère !

Zoe appliqua une tape sur sa cravate.

— J'attends toujours ton conseil.

— Laisse parler ton cœur, dit-il simplement. Il ne te trahira jamais.

Debout près d'un pilier, Zoe observait les acteurs de la répétition. Kate et Alec, blottis l'un contre l'autre dans un coin, affichaient un air tendu.

C'était la nervosité, décida Zoe. Assis au premier rang, ses parents se tenaient par la main en riant comme des adolescents. Devant ce spectacle, elle écrasa une larme.

Quelques bancs derrière, les deux demoiselles d'honneur s'intéressaient apparemment de près aux deux jeunes frères d'Alec. Les parents de ce dernier s'entretenaient avec le prêtre.

Et puis elle aperçut Ryan, au fond, avec ses cheveux en désordre qui lui donnaient un air si désinvolte. Du regard, il fit le tour de l'église et, quand il la reconnut, son regard s'éclaira et il sourit. Après quoi il alla prendre sa place près de l'autel où il devait tenir le rôle du marié pendant la répétition.

Zoe ne le quittait pas des yeux en attendant son père qui lui offrirait son bras pour se rendre à l'autel.

Il la rejoignit tandis que les accords de la marche nuptiale résonnaient dans la petite église. Zoe s'accrocha à son bras pour remonter lentement l'allée à la rencontre de l'homme de sa vie.

Pendant que le prêtre expliquait les gestes que devaient faire les futurs époux, elle s'imagina remonter pour de bon l'allée, dans une robe de satin et de dentelle, le voile de mariée de sa mère flottant derrière elle. Et, près de l'autel, son père mettrait sa main dans celle de Ryan.

Zoe sourit. Est-ce que ce serait si dur de convaincre Ryan de laisser parler son cœur ?

9.

La fête battait son plein quand Zoe arriva au River Café. En passant le seuil, elle fut assaillie par un brouhaha de voix et de rires, et par les accords d'un quartet de jazz bien connu de Cincinnati que Kate appréciait tout particulièrement.

— Où étais-tu ? demanda Penelope en la prenant par la taille pour l'entraîner vers la salle de banquet. Je t'ai cherchée partout.

Elle lui tendit sa main droite et Zoe regarda, bouche bée, la bague de diamants qui ornait son annulaire.

— Elle est magnifique ! Un cadeau de… papa ?

Le regard de la jeune femme se fit soupçonneux entre ses paupières.

— Qu'est-ce que ça signifie ?

Penelope éclata de rire.

— Je me sens l'âme d'une écolière ! N'est-ce pas merveilleux de se voir offrir une seconde chance ?

Avant que Zoe puisse répondre, Lawrence entraînait sa mère vers la piste de danse. Penelope lui adressa un regard plein d'amour. Sa mère était heureuse, à n'en pas douter. Son père semblait quant à lui très épris ; bien plus, en tout cas, que durant leurs années de mariage. Elle leur souhaita tout le bonheur du monde… et espéra trouver la même félicité.

Zoe chercha Ryan des yeux. Elle avait voulu lui parler en privé à l'église, mais le temps qu'elle échappe à une discussion avec les demoiselles d'honneur sur les mérites comparés des roses blanches et jaunes, il s'était éclipsé.

Elle tenait à avoir cette conversation, pour lui faire comprendre la profondeur de ses sentiments. Et le rassurer en lui expliquant qu'elle ne prendrait que ce qu'il voudrait bien lui donner. Cependant, durant le trajet de l'église au restaurant, elle s'était rendu compte qu'elle était plutôt soulagée de ne pas l'avoir eue. Parce qu'elle ne se contenterait jamais d'une petite place dans son cœur. Elle le voulait tout entier, parce qu'elle l'aimait.

Et elle le lui dirait, pensa-t-elle en acceptant une coupe de champagne qu'une serveuse lui proposait, si toutefois il se montrait.

Elle pensa l'appeler sur son portable mais ne voulut pas se montrer trop impatiente de le voir. Aussi préféra-t-elle demander à la patronne, une ancienne camarade d'université, de la prévenir au cas où il arriverait.

Kate la serra dans ses bras quand elle rejoignit la table.

— Tu as manqué le toast porté par papa aux charmes de maman, à ma chance d'avoir rencontré Alec et à ta brillante carrière ! Où étais-tu ?

— Je cherchais Ryan.

Du bout de sa fourchette, Zoe jouait avec le filet de sole et les pommes de terre sautées que la serveuse avait placés devant elle. Le plat était appétissant mais elle n'avait pas faim.

— Où est Alec ?

— Quelque part par là, répondit Kate d'un ton si distrait que Zoe se demanda si elle parlait de Ryan ou de son futur époux. Ce que je suis stressée…, ajouta-t-elle en soupirant.

— Une bonne nuit de sommeil et il n'y paraîtra plus.

En réalité, Zoe trouvait sa sœur particulièrement morose pour une future épousée. Et cela l'inquiéta.

— Je ne dors pas bien ces derniers temps, avoua Kate.

Elle sembla vouloir ajouter quelque chose mais haussa finalement les épaules.

— La nervosité, je suppose.

Ce n'était ni le lieu ni l'heure de chercher à savoir ce qui tourmentait Kate mais Zoe se promit d'obtenir plus tard des réponses.

— Quand nous rentrerons, je préparerai du chocolat chaud et nous discuterons tant que tu voudras, dit-elle. J'ai l'impression que tu en as besoin.

Zoe leva sa coupe et la heurta légèrement au verre de vin rouge de sa sœur.

— Je porte un toast à la future mariée et à sa dernière soirée de femme libre !

— A la future mariée, dit Kate d'une voix éteinte.

Cependant, avant d'avoir pu porter son verre à ses lèvres, elle fut interrompue par un monsieur qui se présenta comme étant un oncle d'Alec, et qui l'emmena au fond de la salle. Elle n'avait toujours pas reparu quand les serveurs entreprirent de débarrasser la table et d'apporter le café. Devant la place toujours vide de Ryan demeurait son assiette de salade. Où pouvait-il bien être ?

— Je ne veux pas voir la demoiselle d'honneur faire une tête pareille la veille du mariage ! fit une voix derrière elle.

Se retournant, elle découvrit son père.

— Que se passe-t-il ? demanda-t-il en posant une main sur son épaule.

Il suivit la direction de son regard.

— Je suis sûr qu'il est retenu au poste et qu'il viendra dès que possible. En attendant, accorderais-tu une danse à ton vieux père ?

Zoe prit sa main tendue et ils se dirigèrent vers la piste.

— La bague que tu as offerte à maman est magnifique.

— Ta mère est aussi belle que généreuse, répondit-il en l'entraînant habilement au milieu des couples.

Quand la musique cessa, Zoe posa sa tête sur l'épaule de son père.

— Tu m'as manqué, tu sais.

Lawrence l'embrassa sur le front.

— Toi aussi, tu m'as manqué. Et maintenant, va retrouver l'élu de ton cœur.

Le visage de Zoe s'éclaira quand elle vit sa sœur regagner leur table. Mais en remarquant qu'elle s'asseyait à l'écart, l'air plus misérable que jamais, son cœur se serra. Le temps que Zoe se fraye un passage à travers la foule, Kate avait de nouveau disparu.

— Le mieux est que je ne bouge pas en attendant que quelqu'un daigne me rejoindre, maugréa Zoe.

Comme elle buvait une gorgée de champagne, les bulles lui taquinèrent la gorge et elle frissonna. Sauf que ce n'étaient pas les bulles qui avaient produit cette réaction. En levant les yeux, Zoe vit Ryan, si beau, qui passait la porte. Et elle fut sûre qu'il signifiait tout pour elle. Plus que sa carrière, plus que la célébrité. Parce que, sans lui, elle ne se sentirait jamais complète.

Voilà, elle avait suivi les conseils de son père, se dit-elle, le cœur battant. Elle avait laissé parlé son cœur.

Un large sourire aux lèvres, elle se leva et se dirigea vers lui.

— J'ai dansé avec tous les hommes de cette assemblée, sauf toi, dit-elle en se plantant devant lui.

Il abaissa les yeux sur elle et fit son sourire de prédateur.

— Très bien, dansons.

Il lui prit la main, l'attira dans ses bras et la serra si fort qu'elle percevait les battements de son cœur. Tout en la dirigeant au gré du slow sur la piste, il appuya sa tête contre sa poitrine et laissa sa main sur sa nuque. Zoe se plaqua alors contre lui. Et elle eut la satisfaction de le sentir se contracter. C'était exactement ainsi qu'elle le voulait : troublé, et mal à l'aise de l'être.

— Qu'est-ce qui te prend ? demanda-t-il sèchement.

Il tenta de l'écarter mais Zoe se cramponna à son cou.

— Je danse.

Elle leva les yeux vers lui et sourit innocemment. Elle éprouvait *presque* des remords de ce qu'elle lui faisait endurer. Mais elle l'aimait ; elle se battrait pour le conquérir et ce serait, elle en était certaine, son plus intéressant combat.

— Pas en public !

— Tu ne veux pas danser en public ?

— Tu sais très bien ce que je veux dire ! répliqua-t-il d'une voix coupante.

— Dans ce cas, accompagne-moi dehors…

— Je t'ai dit…

— Je sais, je sais ! Viens avec moi, pria-t-elle. A moins que tu n'aies peur…

— Peur de toi ? Certainement pas !

Il la prit par la main et l'entraîna sur la terrasse. Après avoir refermé la porte-fenêtre, il s'y adossa et attira Zoe à lui.

Il posa doucement ses lèvres sur les siennes puis lui prit le menton et inclina sa tête pour l'embrasser plus commodément. Les mains de Zoe caressèrent fiévreusement son dos avant de remonter vers sa nuque et de se perdre dans ses cheveux.

Il l'embrassait maintenant avec passion. Prise de vertige, Zoe se raccrocha à son cou et ferma les yeux quand il resserra son étreinte, l'enveloppant dans un chaud cocon d'amour.

Oh ! Il était conforme en tout à ses désirs. Son contact était neuf mais tendrement familier. Leur entente n'était-elle pas extraordinaire ? pensa-t-elle en se laissant aller au plaisir.

Ryan sentit Zoe frissonner en réponse à son baiser. Quand elle mollit entre ses bras, son cœur cogna durement dans sa poitrine. Ce serait facile de se perdre dans ces yeux émeraude, songea-t-il.

Il ne devait pas la toucher, se dit-il, sans pouvoir s'empêcher de caresser sa joue.

— Zoe, regarde-moi. Dis-moi ce que tu penses.

Zoe ouvrit les yeux et riva son regard au sien.

— Que tes baisers sont divins… et qu'il faut que… que… je pense à respirer avant de m'évanouir.

Ryan avait lutté pour les retenir tous deux au bord des eaux troubles. Il avait échoué. Depuis leurs retrouvailles, il s'était efforcé de ne voir en elle qu'une jeune femme trop sophistiquée, trop à la mode, trop raffinée. Définitivement pas son genre. Mais elle était accessible, vulnérable, peu sûre d'elle, d'une façon touchante. Et il craignait de lui faire du mal.

Une femme comme Zoe avait besoin d'un homme capable d'un engagement total. Et pour le moment, il n'était pas cet homme. Il avait essayé de le lui expliquer, en vain.

Et voilà qu'elle prononça les mots qu'il ne voulait pas entendre.

— Je t'aime, Ryan. Je veux vivre avec toi.

Il la lâcha, le cœur battant. Ce n'était pas possible ! Il fallait préserver leur fragile relation, la garder sur un terrain sûr !

— Ce n'est qu'une histoire de courant, dit-il.

La désinvolture de son ton alerta Zoe. Encore une fois, il se recroquevillait dans sa coquille. Elle n'arrivait pas à comprendre comment il pouvait l'embrasser avec tant de passion pour la repousser l'instant suivant.

— Je me souviens que tu t'étais planté en électricité et que tu as dû suivre des cours de rattrapage..., répliqua-t-elle ironiquement.

Ils se dévisageaient et la tension ne se dissipait pas.

— Il s'agit d'attirance physique, pas d'amour, insista-t-il.

Le cœur de Zoe se serra mais elle ne voulait pas lui laisser deviner sa souffrance.

Elle posa une main sur sa poitrine.

— Je te croyais capable de te maîtriser, dit-elle d'un ton moqueur.

Il lui prit la main et en embrassa la paume.

— Reconnais que tu m'as bien cherché ! Je te désire, c'est vrai. Et je coucherai avec toi si tu le souhaites. Mais je ne veux pas te faire de mal. Nous ferons l'amour sans prononcer le mot.

— Je comprends.

Mais c'était faux. Elle ne comprenait pas puisqu'elle l'aimait sincèrement, profondément et pour toujours. Elle pourrait toujours accepter sa décision, mais à un moment ou à un autre, son cœur se révolterait. De toute façon, il n'était pas absolument sincère. Elle aurait parié n'importe quoi qu'il l'aimait aussi, même s'il ne voulait pas l'admettre.

— Je ne crois pas, murmura-t-il.

Il ouvrit la porte-fenêtre et s'effaça pour la laisser passer. Au dernier moment, il parut vouloir l'embrasser mais se ravisa.

— Ce soir, nous parlerons. Nous avons de grandes décisions à prendre.

— Pour vous, mademoiselle Russell. Un appel longue distance.

Zoe fronça les sourcils. Qui pouvait bien l'appeler ici ? Elle pénétra dans le bureau que lui désignait l'hôtesse et prit l'appareil.

— Zoe ? C'est Patricia. Tu n'écoutes donc pas tes messages ?

Zoe consulta sa montre. Son émission serait diffusée dans moins de cinq minutes. Si sa productrice l'appelait, c'est qu'il devait y avoir un gros problème.

— Je n'ai pas mon portable sur moi. Comment m'as-tu trouvée ?

— A ton avis ? Combien y a-t-il de restaurants à Riverview ?

— Riverbend, corrigea machinalement Zoe.

Bien que produisant des émissions s'adressant à l'Américain moyen, Patricia faisait partie de ces gens qui n'imaginaient pas qu'il existe de la vie au-delà des frontières de New York.

— Quoi qu'il en soit, reprit-elle, pour la première fois dans l'histoire de la chaîne, les directeurs de l'information et du divertissement sont tombés d'accord.

— Sur quoi ? demanda Zoe d'une voix blanche.

— Ils adorent ton émission ! Ils l'ont visionnée ensemble cet après-midi et ils l'adorent !

Zoe se sentit prise de vertige.

— Ils l'adorent ?

— Quand tu rentreras à New York… lundi, n'est-ce pas ? A moins qu'il ne te faille une autorisation pour quitter Riverbend ?

— Lundi, bien sûr.

— Ils ont prévu une grande réunion.

La voix de Patricia pétillait d'excitation.

— Ils ont des projets pour toi ! Bon, je dois raccrocher, j'ai un autre appel.

Zoe contempla le téléphone muet quelques instants avant de le reposer sur son support. Les directeurs de la chaîne adoraient son émission. Ils avaient des projets pour elle…

Elle se laissa tomber sur une chaise. Sa cote montait. Laissant courir son imagination, elle se vit en reporter talentueuse voyageant tout autour du globe.

Ryan serait si fier d'elle. Soudain, son sourire se mua en grimace. Il serait fier d'elle, n'est-ce pas ? Saisie d'un grand froid, elle serra ses bras autour d'elle.

Moins d'une heure plus tôt, elle avait dit à Ryan qu'elle l'aimait et voulait vivre avec lui. Elle était même prête à coucher avec lui. Elle affirmait qu'il signifiait tout pour elle.

Comptait-il vraiment plus que sa carrière ?

La réponse ne se fit pas attendre. Bien sûr ! Partager sa vie était plus important que la célébrité. Parce que sans lui, elle ne serait jamais complète.

Elle devait le trouver, lui expliquer, lui demander son avis. Oui, ce soir, ils avaient vraiment de grandes décisions à prendre.

L'apercevant sur la terrasse, elle se dirigea vers lui. Et s'immobilisa brusquement. Il n'était pas seul. Kate se tenait devant lui. Ils se souriaient tendrement. Puis elle posa sa tête contre sa poitrine et il referma ses bras sur elle.

Ils semblaient en si parfaite harmonie que les lèvres de Zoe se mirent à trembler et que ses yeux s'emplirent de larmes qu'elle refoula brutalement. « Ils sont juste amis, se dit-elle. Comme moi, il s'inquiète pour elle. Ça ne veut rien dire… »

Alors, pourquoi ressentait-elle cet immense vide au fond de son cœur ?

Même si elle refusait de voir la vérité en face, elle la rattraperait. Son rêve ne se réaliserait jamais. Il n'y aurait pas d'avenir avec Ryan. Elle pourrait coucher avec lui mais ça n'aurait aucune signification s'il ne l'aimait pas.

Elle redressa les épaules, puis verrouilla son cœur. Il lui restait sa carrière. Pour ça, elle n'avait pas besoin de Ryan.

La mort dans l'âme, elle les regarda s'éloigner.

Zoe n'avait pas envie de rentrer. Elle marchait dans les rues, ressassant des questions sans réponses. Elle aimait Ryan ; mais l'aimerait-il jamais ? Il la désirait, bien sûr, il avait besoin d'elle. Mais son cœur, prisonnier du passé, restait inaccessible.

Qu'importait ? La perspective de la célébrité que lui apporterait sa nouvelle promotion la transportait d'aise. Et si elle ne pouvait compter sur les gens qu'elle aimait pour lui rendre son amour, elle se consolerait en sachant que des millions de personnes la regardaient chaque matin.

Au fond de son cœur, elle savait pourtant que ce ne serait pas suffisant. Que les amitiés, les connaissances, et même les quelques aventures sentimentales qu'elle s'était permises ne comblaient pas sa solitude.

Elle finit par se retrouver devant la porte de Ryan. Les lumières étaient allumées. Malgré l'heure tardive, Zoe eut envie de frapper. Elle voulait la conversation qu'il lui avait promise.

C'était Kate qu'il avait raccompagnée, Kate qu'il avait réconfortée… Zoe s'avança lentement vers le porche, s'assit sur la marche supérieure et appuya sa tête à la balustrade. Elle entendit Chance aboyer puis gratter frénétiquement à la porte. Si Ryan sortait, que lui dirait-elle ? Et quand elle rentrerait, que dirait-elle à Kate ?

Elle jeta un coup d'œil vers la maison voisine, également éclairée. Elle avait tant envie de confier à sa sœur son amour pour Ryan…

Ce qui la retenait, c'était l'expression heureuse de Kate quand Ryan et elle se souriaient. Et si Kate souhaitait reconquérir Ryan ? Mais non ! C'était une pensée grotesque, qui ne lui était venue à l'esprit que parce qu'elle se sentait misérable.

N'empêche que le doute subsistait. Finalement, elle se leva et se dirigea vers la maison voisine. De l'entrée, elle aperçut Kate, lovée sur le canapé. Elle s'apprêtait à la héler quand elle vit le téléphone collé à son oreille et les larmes ruisseler sur ses joues.

Bouleversée, Zoe monta en toute hâte dans sa chambre. Là, elle se déshabilla, se mit au lit et remonta la couette sous son menton.

La brise qui soufflait aurait dû l'apaiser mais elle se sentait toujours angoissée, perdue. Elle s'agitait sans répit dans son lit, incapable de trouver le repos.

Le bruit d'une portière qui claquait la fit sursauter. Elle entendit des pas dans l'allée et la porte d'entrée s'ouvrir. Une voix masculine appela Kate. C'était celle de Ryan.

Ryan avait passé la majeure partie de la soirée à écouter Kate et Alec exprimer à tour de rôle leurs doutes quant à leur mariage. Une nervosité bien compréhensible, leur avait-il dit. Il s'était toutefois senti si malheureux et impuissant devant les larmes de Kate et l'ivresse mélancolique d'Alec, qu'il avait dû mettre au lit, qu'il en avait presque oublié son message pour Zoe.

Et voilà que Kate l'appelait de nouveau au secours. Ryan soupira. Quelle frustration de devoir consacrer aux futurs mariés un temps qu'il s'était promis de passer avec Zoe ! Et il se jura en grimpant l'escalier du porche de ne plus jamais accepter d'être le garçon d'honneur de quiconque.

Kate était roulée en boule sur le canapé, le téléphone collé à son oreille. Elle dormait.

Il avait toujours été présent pour Kate. Mais lui, qui le soutiendrait ? Et soudain, la vérité l'aveugla. Zoe, bien sûr ! Zoe qui l'avait écouté s'épancher sur la mort de Sean ; Zoe avec qui il avait éprouvé l'envie de partager sa joie d'avoir une maison et un chien. Elle était plus que son amie d'enfance. Elle était devenue la femme idéale pour l'homme qu'il était maintenant.

Et il l'aimait comme un fou.

Un craquement provenant de l'escalier lui fit tourner la tête. Son regard croisa celui de Zoe et le désespoir qu'il y lut lui glaça le sang.

— Je t'ai attendu mais tu semblais avoir du temps à consacrer à tout le monde sauf à moi.

Sur ces mots, elle rebroussa chemin vers l'étage.

Ryan s'élança à sa poursuite. Il la rattrapa en haut des marches et lui saisit le bras mais elle se dégagea d'un geste brusque.

— Je t'aime, Zoe. Je t'aime de tout mon cœur.

— Tu arrives un peu tard, répliqua-t-elle d'un ton froid.

— Je suis là, à présent. Viens, allons chez moi. Nous promènerons le chien et nous parlerons tant que tu voudras. Zoe, j'ai besoin de toi.

— Trop tard, répéta-t-elle tristement.

Au tremblement de ses lèvres, il voyait bien qu'elle n'était pas aussi résolue qu'elle voulait le faire croire.

— Mais tu m'aimes ! dit-il, luttant contre une panique grandissante.

— Je t'aime, Ryan mais il n'existe pas d'avenir pour nous. Tu ne t'es toujours pas pardonné la mort de Sean. C'est plus fort que toi : il faut que tu te poses en héros ! Mais tu n'es pas superman, Ryan ! Tu appartiens au commun des mortels.

— Je ne peux pas me changer, Zoe, ni renier mes convictions. Pas même pour l'amour de toi.

— Et puis, je dois avouer que ça me fait mal de vous voir ensemble, Kate et toi.

— Ma pauvre Zoe, tu te retranches derrière le vernis de ta sophistication new-yorkaise, mais à la moindre anicroche, tu cours te cacher la tête dans le sable !

— Eh bien, cette petite conversation a du bon. Maintenant, je sais ce que tu penses vraiment de moi. Heureusement, après le mariage, nous n'aurons plus aucune raison de nous voir !

Sur ces mots, elle courut se réfugier dans sa chambre.

Ryan fixa quelques instants sa porte avant de regagner le rez-de-chaussée. Toutefois, parvenu dans l'entrée, il s'arrêta, hésita, puis faisant demi-tour, escalada les marches quatre à quatre pour courir à la porte de Zoe.

— Tu te trompes ! cria-t-il après y avoir tambouriné. C'est après le mariage que les choses commenceront vraiment pour nous !

10.

La remontée de l'allée centrale semblait interminable. Son bouquet de roses dans sa main crispée, Zoe comptait silencieusement les pas qui la séparaient de l'autel. Cependant, bien qu'elle fixât obstinément ses pieds, elle sentait les regards des gens posés sur elle.

— Zoe... Zoe... Zoe...

Elle leva brusquement les yeux et vit Ryan qui, de sa place près de l'autel, lui faisait signe d'avancer. Elle pressa le pas, trébucha et eut la stupéfaction de se retrouver flottant à quelques centimètres du sol vers l'endroit où il se trouvait. Là, avec un bruit sourd, ses pieds reprirent contact avec le tapis de satin blanc.

Elle se rendit compte qu'elle n'était pas au bout de ses surprises en découvrant que Ryan portait un smoking blanc avec une étoile de shérif piquée à sa boutonnière et un étui de revolver vide pendant sur ses hanches.

Elle cligna des yeux mais la vision ne disparut pas.

Elle entendit les murmures des invités, dans les bancs, et voulut tourner la tête vers eux mais une étrange force l'en empêcha. Le prêtre, vêtu d'une redingote aux pans démesurés, la regarda par-dessus son long nez.

— Zoe Russell, commença-t-il d'une voix d'outre-tombe, promettez-vous de consacrer votre existence à *Wake Up*,

America, à l'exclusion de tout le reste, y compris de cet homme dont vous avez si impitoyablement rejeté l'amour ?

Zoe frémit mais, quand elle voulut reculer, elle s'aperçut que ses pieds étaient rivés au sol.

— Zoe Russell, voulez-vous passer votre vie seule...

Le prêtre frissonna d'horreur en prononçant ce dernier mot, et l'assemblée sans nom et sans visage frissonna de concert avec lui.

— ... seule dans votre minuscule appartement new-yorkais ?

Ryan s'avança, les bras tendus, mais au lieu de l'étreindre il la traversa comme s'il s'agissait d'un fantôme. Et puis quelque chose de froid et humide lui balaya le visage. Zoe essaya de s'en débarrasser mais la sensation persista.

Avec un cri, elle se redressa brusquement et se retrouva face à son tortionnaire.

— Chance !

Elle était dans son lit. Ce n'était qu'un mauvais rêve...

Elle caressa le petit chien.

— Comment es-tu entré ?

Zoe avait toutes les peines du monde à calmer les battements désordonnés de son cœur. Chance posa ses pattes de devant sur ses épaules, aboya gaiement et se roula en boule sur ses genoux.

Elle consulta son réveil. Midi passé ! Et la cérémonie commençait à 13 heures !

A ce moment, elle se rendit compte que le petit chien mâchonnait un morceau de papier attaché à son collier. Elle voulut s'en emparer mais il manifesta sa désapprobation et ce ne fut qu'au terme d'une lutte acharnée qu'elle réussit à s'en saisir.

« Laisse-nous une chance », disait le message.

140

Avec un soupir, elle reconnut l'écriture de Ryan. Connaissant son grand cœur, il avait envoyé Chance en messager de paix.

Elle mourait d'envie de se réconcilier avec lui. Mais était-ce possible ?

La veille, il lui avait avoué son amour. Dans un moment de panique, certes, mais l'aveu venait du cœur. Et elle l'avait repoussé. Elle avait été blessée par son attitude, d'accord, mais c'était stupide et enfantin de réagir ainsi. Restait à espérer qu'elle saurait se faire pardonner...

Zoe se précipita sous la douche puis se maquilla soigneusement avant de sauter dans sa robe. Elle s'examina hâtivement dans le miroir. Elle allait se battre pour la conquête de Ryan. Elle l'aimait. Elle deviendrait sa femme.

— Trois fois demoiselle d'honneur et vieille fille, ça ne sera pas moi !

Elle jeta un coup d'œil à sa montre et poussa un cri. Moins d'une demi-heure avant le début de la cérémonie ! Enfin, en se dépêchant, elle arriverait peut-être à temps.

Zoe dévala les marches. Ryan l'avait accusée de lâcheté mais, avant la fin de la journée, il comprendrait ses torts !

Ryan composa le numéro de Zoe et tomba sur son répondeur. Où pouvait-elle bien être ? Il consulta sa montre. Il ne restait plus que quelques minutes avant le début de la cérémonie. Il lui était arrivé quelque chose, ce n'était pas possible autrement.

Au cours de l'heure écoulée, il avait arpenté tant de fois l'allée latérale de l'église qu'il avait dû creuser un chemin dans la pierre. Il était sur le point d'appeler Jake pour envoyer une patrouille de police à la recherche de

Zoe quand il l'aperçut qui tournait le coin de la rue. Elle se recoiffa du bout des doigts et lissa les plis de sa robe. Elle était hors d'haleine mais superbe.

Le cœur de Ryan battait follement. Jamais il n'avait été aussi soulagé de voir arriver quelqu'un, ni aussi furieux de son inconséquence. N'avait-elle pas failli manquer le mariage de sa sœur ? Mais il l'aimait plus que tout et, quand il aurait achevé de la réduire en chair à pâté, il le lui répéterait jusqu'à ce qu'il n'ait plus de voix.

— Où étais-tu ? demanda-t-il en lui ouvrant la porte.

— J'ai à te parler.

— Plus tard.

Il la poussa sans ménagement dans le vestibule puis ouvrit une seconde porte. Les accords de la marche nuptiale s'élevèrent, majestueux.

A présent, Zoe avait hâte que le mariage commence. Et se termine. Si elle était arrivée un peu plus tôt, elle aurait pu parler à Ryan, mais c'était peut-être mieux ainsi. Après la cérémonie, ils trouveraient un endroit tranquille pour discuter.

Ils avaient beau s'être avoué leur amour, il restait derrière eux un tel passé émotionnel qu'il n'était pas certain qu'ils parviennent à vivre ensemble. Mais si aucun compromis n'était possible, Zoe savait que, toute désespérée qu'elle fût, elle ne quitterait pas Riverbend sans avoir au moins sauvé leur amitié.

Alors, elle retournerait à New York, retrouverait *Wake Up, America*, et la vie qu'elle croyait avoir désirée. Une vie qui ne serait jamais complète sans Ryan.

— Désolée d'être en retard, dit-elle en embrassant sa sœur. Ça va ?

— Beaucoup mieux depuis que tu es arrivée ! Je me demandais si tu n'étais pas repartie la tête basse pour New York.

— Je m'étais promis de te voir d'abord mariée et heureuse.

Zoe pinça les joues de Kate pour y ramener un peu de couleur.

— Hier soir, j'étais affreusement nerveuse, dit Kate avec un sourire mouillé de larmes. Je n'arrêtais pas de me demander si épouser Alec n'était pas une erreur.

— Tu l'aimes pourtant, et tu sais qu'il t'aime. C'est l'essentiel.

— Je sais… Où est mon objet emprunté et mon objet bleu ? demanda-t-elle, soudain très énervée.

Zoe prit la main de Kate et y déposa une jarretière bleue.

— Voici ton objet bleu…

Puis elle lui remit un mouchoir de dentelle qui avait appartenu à leur grand-mère.

— Et ton objet emprunté, de la part de Grandma.

Avec un petit sourire, Zoe essuya les larmes qui menaçaient de couler sur les joues de sa sœur. Cette dernière la serra dans ses bras.

— Ne t'inquiète pas, Zoe, Ryan te reviendra. J'en suis sûre.

— Tu n'arrêteras jamais de jouer les marieuses, n'est-ce pas ?

Sans attendre de réponse, Zoe ouvrit la porte derrière laquelle leur père attendait et poussa sa sœur vers lui.

— Je te souhaite tout le bonheur du monde.

Lawrence offrit une main à Kate, et l'autre à Zoe. Dans un élan, celle-ci jeta ses bras au cou de son père et l'étreignit. Après quoi, à pas lents, elle se dirigea vers l'autel.

Bien qu'elle essayât de se concentrer sur le déroulement de la cérémonie, elle n'arrivait pas à détacher son regard de Ryan. La façon dont ses sourcils se levèrent quand Alec se tourna pour lui réclamer frénétiquement la bague qu'il devait passer au doigt de Kate l'amusa. Et elle eut envie de suivre du doigt le contour de ses lèvres quand il sourit au moment où Kate et Alec échangèrent leur premier baiser d'époux.

Elle éprouva le désir de toujours rester à son côté quand, sa main sur le bras de Ryan, ils descendirent l'allée derrière les jeunes mariés.

Elle réfléchissait à la meilleure façon de lui présenter ses excuses quand Kate s'immobilisa brusquement, se retourna et recula d'un pas. Alors, avec une expression de pure allégresse, par-dessus la tête de Zoe, elle jeta son bouquet dans les bras de Ryan.

Il considéra le bouquet, puis Kate, avant de se tourner vers Zoe qui le dévisageait, incrédule.

Kate éclata de rire et battit des mains.

— Depuis le temps que j'attends ce moment !

Ryan eut un large sourire.

— Quant à moi, ça fait une éternité !

D'un geste prompt, il souleva Zoe et la jeta sur son épaule.

— Qu'est-ce qui te prend ? demanda l'intéressée en se débattant. Pose-moi immédiatement à terre !

— Qu'en pensez-vous ? demanda Ryan en se tournant vers la foule des invités. Dois-je la poser ?

— Non ! crièrent-ils à l'unisson.

— Si ! répondit-elle en lui assénant des coups de poing.

— Le public a parlé, chuchota Ryan à l'oreille de Zoe.

Levant la tête, elle découvrit ses parents qui la regardaient en souriant.

— Ne restez pas là sans rien faire !

Un éclair de gaieté brilla dans le regard de Lawrence.

— Je n'ai aucune envie d'avoir des démêlés avec la justice !

— Veuillez nous excuser, dit poliment Ryan à Kate et Alec. Nous vous rejoindrons plus tard. Nous avons quelques points de détail à régler.

Il se pencha précautionneusement, ramassa le bouquet tombé à terre et le mit dans les mains de Zoe. Ensuite, la maintenant fermement sur son épaule, il descendit tranquillement l'allée et sortit de l'église. Sous le porche, il s'arrêta.

— Voyons… où allons-nous ?

Son bouquet bien serré dans une main, Zoe lui martelait le dos de l'autre.

— Tu rentres immédiatement dans l'église, tu me déposes à terre et tu t'excuses publiquement !

Il secoua si énergiquement la tête que Zoe fut prise de vertige. Il affirma sa prise.

— Tu pèses ton poids, mais je pense que j'y arriverai.

— Je porterai plainte !

Sans tenir compte de ses protestations, Ryan marchait le long du trottoir.

— Alors, que voulais-tu me dire ?

— Rien, absolument rien que tu veuilles entendre, riposta-t-elle d'une voix glaciale.

Ryan sourit intérieurement. Il adorait qu'elle lui tienne tête.

— Oh ! je suis bien sûr que tu as des tas de choses à me dire et que ce sera exactement ce que j'aurai envie d'entendre. Plutôt diabolique de la part de Kate de me lancer son bouquet, non ?

— Je m'occuperai d'elle dès que j'en aurai fini avec toi !

Zoe agita les jambes si vigoureusement que Ryan eut bien du mal à éviter qu'un de ses pieds n'entre rudement en contact avec une partie très intime de son anatomie.

— Attention ! la morigéna-t-il. Tu risques d'endommager la future génération O'Connor !

— Je sais ce que je fais ! Où m'emmènes-tu ? C'est un enlèvement pur et simple !

— Ce n'est pas un enlèvement puisque j'ai l'approbation générale !

— Pas la mienne, en tout cas !

Elle cessa néanmoins de lui donner des coups de pieds. Avec un petit rire, il lui tapota gentiment le postérieur.

— J'ai celle de ton père, et elle me suffit amplement !

Zoe émit un grognement. Qu'il la pose à terre et il verrait de quel bois elle se chauffait ! Dire qu'il avait osé l'humilier devant les invités ! Elle pouvait bien l'aimer à la folie, elle ne se laisserait pas traiter en vulgaire paquet ! Cependant, comme il poussait la porte du commissariat, traversait le hall d'accueil désert et se dirigeait vers la cellule, elle se raidit.

— Tu n'oserais tout de même pas !

Il ouvrit la porte et la laissa tomber sans cérémonie sur la couchette, aussi défoncée que dans son souvenir. Quand elle voulut se redresser, d'une pression de la main sur son épaule, il l'en empêcha. Après quoi, d'un coup de pied, il referma la porte. En entendant le bruit de la clé qui heurtait le ciment, Zoe grimaça.

— C'est le seul endroit où personne n'aura l'idée de nous chercher, expliqua-t-il.

146

Il s'assit près d'elle et, dans un geste si prompt que Zoe n'eut pas le temps de réagir, il glissa les menottes à leurs poignets.

— Nous resterons enchaînés jusqu'à ce que tu te montres raisonnable.

— Je ne peux pas croire que tu aies fait ça, murmura Zoe, le regard fixé sur les menottes.

— C'est que tu n'as encore rien vu !

De sa main libre, il sortit une clé de la poche de son pantalon et la jeta par-dessus son épaule en direction de la minuscule fenêtre. La clé heurta un barreau avec un bruit métallique et tomba sur le trottoir.

— Tu es complètement fou ! s'exclama Zoe. Personne ne sait que nous sommes là !

Avec indignation, elle leva brusquement la main, ce qui, par contrecoup, déséquilibra Ryan qui tomba sur elle. Comme elle le repoussait, ils glissèrent de la couchette.

— Justement, dit Ryan. C'est l'idée.

Elle leva leurs poignets prisonniers.

— L'idée est que notre relation finisse comme ça ?

— Mais non, dit doucement Ryan.

Il lui prit le menton et tourna son visage vers le sien. Et l'amour qu'elle lut dans son regard ranima son espoir. Elle ne put néanmoins résister au désir de le taquiner.

— J'ai réfléchi, tu sais.

— Ah oui ?

Il la serra contre lui.

— Tu as été si occupée à jouer au chat et à la souris avec moi que je m'étonne que tu en aies trouvé le temps.

— Méfie-toi, dit-elle avec une feinte sévérité. On ne rachète pas sa maison d'enfance, ne la meuble pas de souvenirs et n'adopte pas un chien par-dessus le marché sans projeter de s'installer.

— Et que dois-je en conclure ?

— Que tu aimes Riverbend et que tu as décidé d'accepter la proposition du maire de reprendre la tête du poste de police. Et…

Zoe marqua une pause.

— Continue.

— Même si tu ne t'en rends pas compte, tu acceptes peu à peu la mort de Sean et réapprends à vivre.

Zoe sourit.

— Tu n'es pas lâche.

Voyant que son sourire s'évanouissait et qu'elle essuyait une larme, Ryan lui prit la main et la porta à ses lèvres.

— Je regrette mes propos d'hier. Tu n'es pas lâche non plus ; tu es même la personne la plus courageuse que je connaisse. Il faut un cran fou pour quitter Riverbend, s'installer toute seule à New York et s'y tailler une place.

— Tu avais raison à mon sujet, dit tristement Zoe. J'ai consacré tant d'énergie à essayer d'oublier le passé que j'en ai oublié le présent et l'avenir. La réussite n'est rien quand on est seul.

— Et cette réunion avec les pontes de la chaîne ?

Zoe parut abasourdie.

— Comment es-tu au courant ?

— Ta productrice a inondé la ville de messages. J'en ai reçu un au commissariat. Je voulais t'en faire part, seulement Kate était si bouleversée par une remarque d'Alec que j'ai dû courir chez elle la calmer. Et puis, nous nous sommes disputés et j'ai oublié le message.

— Tu savais donc…

— Que ta chaîne avait de grands projets pour toi ? Oui. Je veux que tu saches que je suis fier de toi et que jamais je ne te mettrais des bâtons dans les roues. Hier, quand tu m'as jeté ce regard glacial dans l'escalier et que tu m'as dit que tout était terminé avant d'avoir commencé, j'en ai été malade. Je ne pouvais supporter l'idée de te perdre de nouveau.

Elle appuya son front au sien.

— Je t'aime, Ryan, plus que je ne m'en serais crue capable. Si la chaîne tient tant à moi, elle devra faire des concessions.

— Quelles que soient nos décisions, elles nous appartiendront à tous deux. Tu es la seule personne qui compte pour moi, Zoe. Je t'aime. Je ne sais pas comment tu t'y es prise, mais tu as balayé mes défenses sans que je m'en aperçoive. Avec toi à mon côté, je suis le roi du monde ! Il n'est rien que nous ne puissions faire ensemble.

Sur ces mots, il l'attira tout contre lui et l'embrassa. Sous ses lèvres, Zoe sentit ses appréhensions et ses doutes se muer en une merveilleuse certitude de ne faire qu'un avec lui. En retour, elle l'embrassa de tout son cœur. Ryan avait raison : ils formeraient une équipe de choc. Mais il restait quelques points à éclaircir…

— Avant toute chose, j'aimerais savoir qui va sortir le chien.

Ryan dévisagea celle qu'il aimait plus que tout au monde. Il savait qu'il ne se lasserait jamais de voir l'amour briller dans ses beaux yeux verts.

— Nous promènerons le chien ensemble. Nous allons rédiger un contrat qui nous liera pour la vie. Il nous faut d'ailleurs dès maintenant discuter de notre progéniture.

— Tu abordes la question du sexe ? demanda Zoe avec toute l'innocence dont elle était capable.

— Dès que je t'aurai passé la bague au doigt, tu n'auras qu'à bien te tenir, gronda Ryan en la serrant à l'étouffer contre lui.

— Je parlais du sexe de nos enfants, rectifia-t-elle en souriant.

— Nous aurons des garçons et des filles que nous élèverons avec amour, comme nos parents nous ont élevés.

Soudain, une porte s'ouvrit et une voix masculine appela :

— Zoe ? Ryan ?

— Où peuvent-ils bien être ? fit une autre voix, féminine, celle-là.

Zoe voulut répondre mais Ryan, d'une main sur sa bouche, l'en empêcha.

— Mais pourquoi ? C'est l'unique occasion de recouvrer la liberté !

— Ils ne doivent pas savoir que nous sommes là.

— Te rends-tu compte que nous pourrions rester coincés ici une éternité !

— Et après ? Est-ce que ce serait si terrible ?

Zoe fit mine de réfléchir.

— Eh bien, peut-être pas, finit-elle par répondre.

— Tu vois bien !

Il sortit une clé de sa poche.

— Ecoute, Zoe, je suis peut-être fou amoureux mais pas au point de m'enfermer avec toi sans espoir de sortir !

Il s'apprêtait à introduire la clé dans la serrure des menottes quand Zoe lui saisit la main, prit la clé et l'enfouit dans son corsage.

En riant, il tenta de la récupérer. Elle s'écarta juste assez pour contempler le visage de son bien-aimé. Il n'y avait toujours eu que lui, et lui seul.

Leur vie commune, décida-t-elle en l'attirant pour lui donner un baiser dont ils se souviendraient longtemps, serait... le paradis.

Le nouveau visage
de la collection Or

◆

AMOURS D'AUJOURD'HUI

Afin de mieux exprimer sa modernité et de vous séduire encore davantage, votre collection Or a changé de couverture et de nom depuis le 1er mars 1995.

Rassurez-vous, les romans, eux, ne changent pas, et vous pourrez retrouver dans la collection **Amours d'Aujourd'hui** tous vos auteurs préférés.

Comme chaque mois, en effet, vous y attendent des héros d'aujourd'hui, aux prises avec des passions fortes et des situations difficiles...

**COLLECTION
AMOURS D'AUJOURD'HUI :**
Quand l'amour guérit des blessures de la vie...

Chère lectrice,

Vous nous êtes fidèle depuis longtemps?
Vous venez de faire notre connaissance?

C'est pour votre plaisir que nous avons
imaginé un rendez-vous chaque mois
avec vos auteurs préférés, vos
AUTEURS VEDETTE dans les
collections Azur et Horizon.

Les AUTEURS VEDETTE vous
donneront rendez-vous pour de
nouveaux livres vedette.

Pour les reconnaître, cherchez
l'étoile... Elle vous guidera!

Éditions Harlequin

HARLEQUIN

LE FORUM DES LECTEURS ET LECTRICES

CHERS(ES) LECTEURS ET LECTRICES,

VOUS NOUS ETES FIDÈLES DEPUIS LONGTEMPS?

VOUS VENEZ DE FAIRE NOTRE CONNAISSANCE?

SI VOUS AVEZ DES COMMENTAIRES, DES CRITIQUES À
FORMULER, DES SUGGESTIONS À OFFRIR, N'HÉSITEZ
PAS... ÉCRIVEZ-NOUS À:

        LES ENTERPRISES HARLEQUIN LTÉE.
        498 RUE ODILE
        FABREVILLE, LAVAL, QUÉBEC.
        H7R 5X1

C'EST AVEC VOS PRÉCIEUX COMMENTAIRES QUE NOUS
ALLONS POUVOIR MIEUX VOUS SERVIR.

DE PLUS, SI VOUS DÉSIREZ RECEVOIR UNE OU
PLUSIEURS DE VOS SÉRIES HARLEQUIN PRÉFÉRÉE(S)
À VOTRE DOMICILE, NE TARDEZ PAS À CONTACTER LE
SERVICE D'ABONNEMENT; EN APPELANT AU
(514) 875-4444 (RÉGION DE MONTRÉAL) OU 1-800-667-4444
(EXTÉRIEUR DE MONTRÉAL) OU TÉLÉCOPIEUR
(514) 523-4444 OU COURRIER ELECTRONIQUE:
AQCOURRIER@ABONNEMENT.QC.CA OU EN ÉCRIVANT À:

        ABONNEMENT QUÉBEC
        525 RUE LOUIS-PASTEUR
        BOUCHERVILLE, QUÉBEC
        J4B 8E7

MERCI, À L'AVANCE, DE VOTRE COOPÉRATION.

BONNE LECTURE.

HARLEQUIN.

VOTRE PASSEPORT POUR LE MONDE DE L'AMOUR.

ROUGE PASSION

**De fiévreuses histoires
d'amour sensuelles!**

De provocantes histoires
d'amour passionnées et
romantiques qu'on lit d'une
seule traite. Aventureuses,
parfois humoristiques, et
sensuelles, elles mettent en
vedette des hommes et des
femmes d'aujourd'hui.

**ROUGE PASSION...
trois nouveaux titres
chaque mois.**

GEN-RP-R

HARLEQUIN

Lisez Rouge Passion pour rencontrer L'HOMME DU MOIS!

Chaque mois, vous rencontrerez un homme **très sexy** dans la série Rouge Passion.

On peut distinguer les livres L'HOMME DU MOIS parce qu'il y a un très bel homme sur la couverture! Et dedans, vous trouverez des histoires écrites selon le point de vue de l'homme et de la femme.

Les livres L'HOMME DU MOIS sont écrits par les plus célèbres auteurs de Harlequin!

Laissez-vous tenter avec L'HOMME DU MOIS par une histoire d'amour sensuelle et provocante. Une histoire chaque mois disponible en août là où les romans Harlequin sont en vente!

HARLEQUIN

COLLECTION
ROUGE PASSION

- • Des héroïnes émancipées.
- • Des héros qui savent aimer.
- • Des situations modernes et réalistes.
- • Des histoires d'amour sensuelles et provocantes.

LAISSEZ-VOUS TENTER
par 3 titres irrésistibles
chaque mois.

RP-1-R